Ao meio-dia choviam pássaros

MARCELA GUIRAL

Ilustrações de ALEJANDRA ESTRADA

Assessoria científica de LUIS KAMIL BUITRAGO OSORNO

Ao meio-dia choviam pássaros

MARCELA GUIRAL

TORDSILHAS

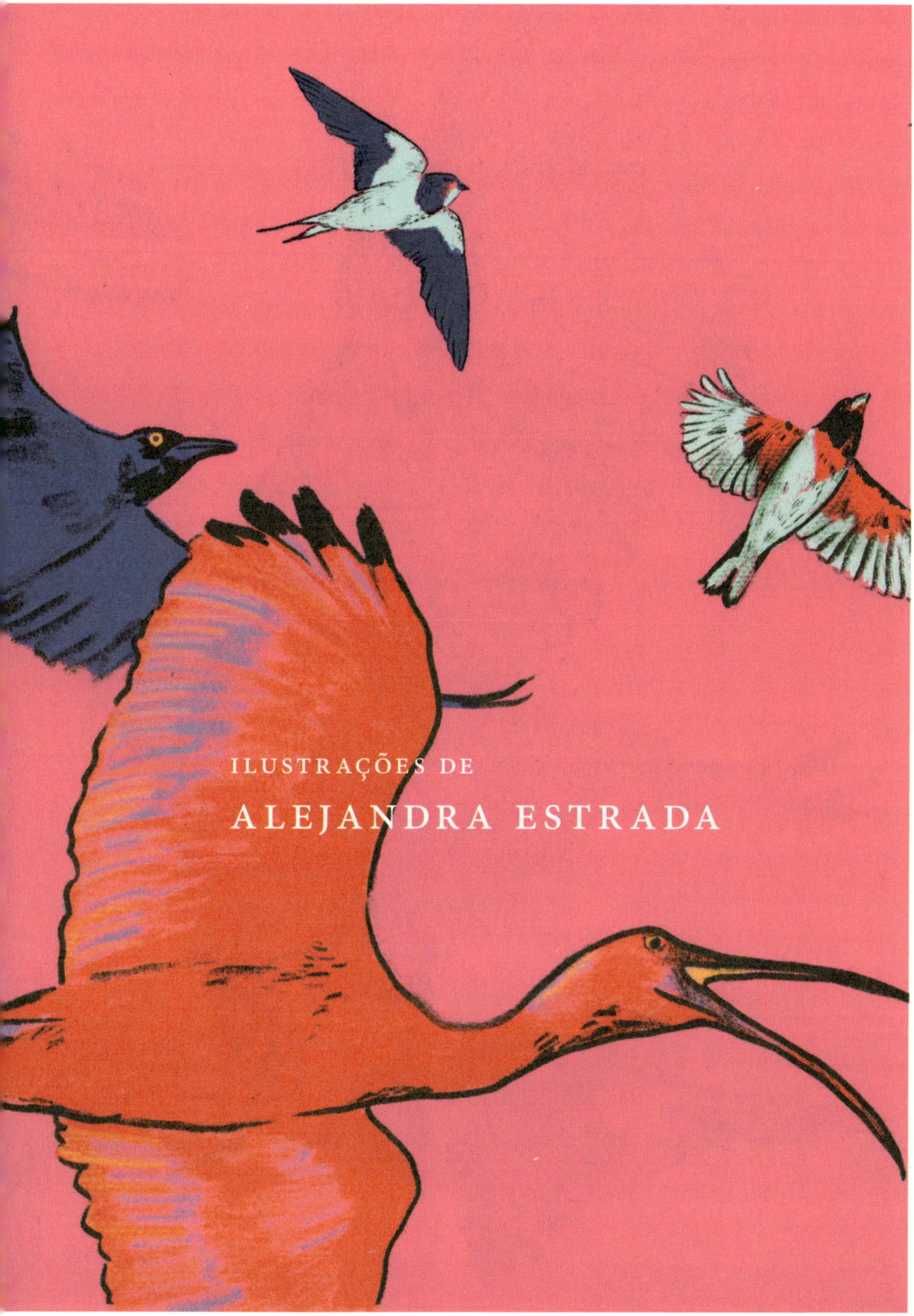

ILUSTRAÇÕES DE

ALEJANDRA ESTRADA

Para minha prima Heidy Tatiana Restrepo Guiral, Eliécer Hincapié e seus avós.
A eles, que agora voam com asas novas. Pelo menos, nesta história, seus finais são diferentes.

E a todas as crianças recrutadas contra sua vontade por algum exército.

Primeira parte

[Um povoado de pássaros, uma galinha que lê o futuro, a mulher das gaiolas e um tio tonto]

A antena que transmite
as notícias da guerra
está repleta de pássaros.

Gustavo Adolfo Garcés

1 Pomba mensageira

Os olhos das pombas são da cor da cenoura. Seu bico é preto e as patas são vermelhas ou roxas, parecidas com as uvas, as uvas roxas, quero dizer. Suas penas são de um cinza azulado, mais escuro na cabeça e no rabo e mais pálido perto das asas. Em seu pescoço e acima do peito, é possível ver um verde ou um roxo metálicos que mudam de acordo com a luz em que são observadas. As pombas buscam alimento quase sempre caminhando sobre o solo, olhando primeiro com um olho e logo com o outro. Às vezes sobem de forma desajeitada nas árvores ou nos arbustos em busca de frutos pequenos. Elas gostam de comer milho, minhocas ou insetos. Fazem *ruu*, *ruu*! o tempo todo.

F NUNCA HAVIA VISTO TANTAS AVES JUNTAS. Já as havia visto comer goiabas no parque onde jogava futebol com seu pai, mas depois, quando as árvores não estavam mais de pé e pareciam gigantes carbonizadas caídas no solo, a visita dos pássaros começou a diminuir, e pararam de voar pela cidade de Gansanares. As aves não voltaram ao parque, tampouco F e seu pai.

Da janela de sua casa, só via edifícios cinza, igrejas e parques destruídos pelos bombardeios, esperando que alguém os reconstruísse. Mas ninguém faria isso enquanto houvesse a guerra. Os únicos animais com asas que voavam pela cidade eram as moscas. Havia tantas, que batiam contra as janelas e tropeçavam nos olhos das pessoas. Então essas pessoas passavam uma cola caseira nos vidros, e milhares de moscas ficavam presas nas janelas fazendo *bzz, bzzz, bzzzzz*. F as observava detidamente. Primeiro, elas faziam *bzzz* com força, com seus pulmõezinhos, mas ele não sabia se as moscas tinham pulmão; em seguida, faziam menos *bzzz*, como se suas forças estivessem se esgotando. Tentavam soltar suas asas do vidro, e algumas conseguiam. Muitas vezes, ele as ajudava a fugir usando uma colher ou um pente de sua mãe. O ruim era que, na maioria das vezes, o corpo se separava das asas e o *bzzz* saía mais fraco, e então elas adormeciam. Ou será que morriam? Decidiu não voltar a ajudá-las, vai que as moscas... Mas houve um tempo em que não havia mais vidros, pois as explosões os transformaram em cacos, então as moscas entravam na casa das pessoas e viviam com elas. Pouco tempo depois, as moscas as abandonaram. Voavam à vontade pela cidade, que estava cheia de lixo.

E de mortos.

Viu muitas aves juntas quando foi viver em Barbascal com o avô Enrique e seu irmão Eduardo. Seus pais queriam afastá-lo da guerra que açoitava a cidade. Fazia um tempo que os soldados dos exércitos Pantaneiros e Guaxinins se enfrentavam pelas terras, e Gansanares era o epicentro das batalhas.

Os pais de F haviam pensado que Barbascal era uma boa opção: era um povoado distante e pouco habitado; não havia muitas pessoas capazes de viver com o barulho e a pestilência de um povoado de pássaros. Parecia um local seguro, e queriam que F fosse para a escola; as aulas sempre suspensas pelos enfrentamentos e bombardeios não haviam permitido que completasse a primeira série.

As primeiras aves que viu foram umas pombas mensageiras, mas não voavam, estavam em gaiolas. No dia em que seu pai o levou até o Trem Amarelo que ia para Barbascal, encontraram-se com o Sr. Ramiro. Era cego como uma toupeira e baixinho como uma toupeira também, e enviava naquele mesmo trem onze pombas para o avô.

— E por que o avô quer tantas pombas? — perguntou F a seu pai.

— Você vai gostar — sorriu. — O avô é carteiro, e estas pombas trabalharão para ele.

Trabalhar? As pombas? O menino as imaginou de terno e gravata, com óculos, sentadas em seus escritórios e muito sérias; bebericando café preto, com um cigarro no bico, atendendo o telefone e anotando coisas em uma caderneta:

— *Ruuu?*

— *Ruuu, ru ruru.*

O pai lhe contou que seu avô e seu tio Eduardo, juntamente com o Sr. Ramiro, que vivia nos arredores de Gansanares, tinham um negócio de pombos-correio. Assim, o serviço de mensagens ia sempre em dois sentidos: para o pombal do avô e para o pombal do Sr. Ramiro.

•

Barbascal era um povoado difícil de esquecer. Estava encravado nos pés de duas montanhas altas. Em um de seus extremos, ficava o Bosque Azul, e no outro, mais alto, o Bosque de Juancojo. As casas, com cores chamativas, se amontoavam em direção ao centro e iam ficando cada vez mais espaçadas, até se confundirem com as chácaras nos arredores. Em seu entorno, plantações pequenas e irregulares assemelhavam-se, desde a altura, a retalhos de tecido verde unidos por costuras de pedra.

O avô o esperava, sentado em um banco da estação. Assim que viu o menino, levantou-se, pegou sua mala e pediu a um homem que tinha uma carroça puxada por cavalos que levasse as pombas até sua casa enquanto eles percorriam o povoado. Lá da estação, viram que uma senhora cingia seus cabelos com um chapéu, abria um guarda-chuva e atravessava a rua correndo; então o ancião olhou seu relógio, também abriu um guarda-chuva e ofereceu outro a F; um pequeno, verde, da cor das ervilhas.

— Este é para você — disse ao menino, quase gritando: — Bem-vindo a Barbascal!

— Chove muito? — perguntou F incrédulo.

— Algo assim — olhou outra vez para o relógio. — A partir do meio-dia.

Nesse momento, começaram a ouvir um barulho tão forte, que se confundia com o ruído dos trilhos do trem, que estava partindo. Grupos de pássaros estavam vindo à cidade. As pessoas que estavam na rua saíram correndo enquanto abriam as sombrinhas ou vestiam chapéus com abas muito largas. Buscavam refúgio, como se fosse cair uma tempestade.

O céu escureceu; os pássaros tapavam os raios do sol e se projetavam como uma grande sombra em movimento sobre a grama recém-cortada. Um grupo de aves se sobressaía por suas formações em voo. A cabeça delas era de um vermelho-escuro, a cauda era grande e aforquilhada. O bico era pretos, assim como as patas.

— São andorinhas — disse o avô. No instante em que descansaram sobre as árvores, esvaziaram o intestino. E continuaram voando. F, assustado, se enfiou debaixo do guarda-chuva do avô, que já havia sido amarelo, mas agora estava cheio de manchas.

— Está vendo? É por isso que é melhor estar preparado — apontando para o guarda-chuva verde. — É melhor evitar uma mancha na camisa ou um impacto na cabeça. Ah, caminhe com cuidado, as ruas ficam escorregadias — advertiu.

O menino observava o povoado de boca aberta, incrédulo, fascinado, como se estivesse vendo um filme burlesco: as mulheres andavam com guarda-chuvas, os homens e as crianças também. Muitos, em vez dos guarda-chuvas, usavam chapéus, outros, ambas as coisas. Alguns também usavam uma capa impermeável e transparente, que deixava ver suas roupas coloridas. Num piscar de olhos, o povoado se encheu de aves. F viu pássaros nos cabos de energia, nos varais de roupas — onde já não se pendurava roupas — e nas cercas das casas. Pássaros nas janelas e nas varandas. Pássaros caminhando pelas ruas, sobre o lombo das vacas, nas bicicletas das crianças; pássaros bebendo água dos riachos e dormindo no chapéu dos homens que caminhavam lentamente. Pássaros por toda parte.

Mais ao longe, grupos de trabalhadores varriam, outros tinham baldes d'água ou escovões e lavavam ruas, paredes, telhados; alguns eram vistos nos campos próximos limpando o lombo de vacas e cavalos. Outros tentavam espantar as andorinhas que ainda voavam pela cidadezinha, usando megafones que imitavam os sons de aves de rapina. *Chiii, chiiii!* Fazia o som.

— Os pássaros, F, são tão habitantes deste lugar quanto nós. Aprendemos a viver com eles. Bem, na realidade, eles vivem no Bosque de Juancojo, ali — apontou na direção norte do povoado. — Eles vêm só ao meio-dia e voltam ao bosque no fim da tarde.

— Por que ao meio-dia?

Explicou que os entendidos em bosques e pássaros diziam que Juancojo era um bosque frio, então as aves se aproximavam da cidade para se aquecer e comer os frutos das goiabeiras, das mangueiras, das tangerineiras e das três embaúbas da praça, e voltavam ao bosque na hora de dormir.

— Ah, e não estranhe se alguém não responder ao seu cumprimento — seguiu falando o ancião, entregando-lhe um pacotinho envolto em tecido. — De qualquer forma, sempre cumprimente. As pessoas de Barbascal não são mal-educadas, já vou lhe dizendo; o recital de tantos pássaros chega a ser tão atordoante, que, para não perder o sentido da realidade, muitos tapam os ouvidos com ninhos de beija-flores, que são feitos de líquenes, musgos, folhas, penugens, pelos, fibras de algodão e pedaços de plantas moles.

F desembrulhou o pacote, eram dois ninhos pequenos de beija-flores. Guardou-os no bolso. Continuaram caminhando por uma rua repleta de lojas de tecidos coloridos, de alfaiatarias e de fábricas caseiras de guarda-chuvas. Havia gente do lado de fora de cada lugar esperando sua vez embaixo de sombrinhas rasgadas e manchadas e com os arames retorcidos.

— E por que o povoado é tão colorido, vô? — perguntou apontando sua camisa alaranjada, a fachada das casas, os guarda-chuvas e as roupas das pessoas.

— Por uma razão muito importante, F. Se pintassem as paredes das casas de branco, ficariam sempre manchadas e sujas. Bem, quero dizer, assim como estão, também ficam manchadas, todos nos manchamos, mas dá para disfarçar um pouco. Também poderiam ser cinzas ou da cor do café, mas são tons tristes, não acha? O colorido passa a impressão de que este é um povoado alegre, como um circo no meio do nada. — O menino pensou em Gansanares e em seus edifícios cinzas.

Nesse momento, atravessou a rua um senhor mais velho com um guarda-chuva vermelho e uma capa impermeável. Meio metro à frente do ancião, ia uma ave amarrada a uma coleira, que ele segurava com firmeza, como quando se leva um cachorro para passear. A ave era relativamente grande, de corpo alongado, penas cinzas, pescoço comprido e uma coloração vermelha ao redor dos olhos; ela o guiava, fazendo uns sons de trombeta desafinada e a passos lentos.

— É um tachã-do-norte — explicou o avô. — Foi treinado para atravessar a rua em linha reta, marcar portas ou escadas, identificar meios-fios e evitar obstáculos. É seu cão-guia.

— E por que um tachã-do-norte e não um cachorro?

— Os tachãs-do-norte também são fáceis de adestrar, e são fiéis ao seu dono, às vezes até mais do que um cachorro.

Realmente, Barbascal parecia um circo, mas sem elefantes, zebras, tigres, girafas, ursos ou chimpanzés. Havia cada coisa...! Um tachã-do-norte como cão-guia! Um circo de aves. F gostou disso.

— O pobre homem perdeu a visão há pouco tempo, e o tachã-do-norte é sua única companhia. — Acrescentou o avô.

— E o que ele fazia antes de ficar cego? — F questionou.

— Criava corvos.

•

No centro da praça, estava uma jovem, que F achou muito bonita. Tinha um vestido branco, que chegava até seus tornozelos, e um chapéu enorme. A jovem Arroz, como era conhecida no povoado, porque vivia do cultivo desse cereal, explicou o avô, era a atração que mais chamava a atenção das crianças. Seu espetáculo consistia em deixar voar um grupo de triste-pias presos a longos fios de seda que ela havia costurado em uma camisola. Enquanto a jovem caminhava, os pássaros alçavam voo, puxavam delicadamente o tecido, e parecia que a mulher seria elevada com eles. F viu que uma criança mais nova que ele se aproximou da jovem e lhe entregou uma bolsa com mangas. Ela tirou a camisola e colocou-a sobre a criança, que conseguiu alçar dois metros de voo.

Também havia bancas com sucos de frutas, ovos fritos e cozidos, carne assada de codorna, de frango e de peru. Também havia barracas com casacos, cobertores e tapetes de penas, todos cobertos com plásticos transparentes para protegê-los das penas e dos excrementos que caíam do céu durante a visita dos pássaros. Ah, e também para que nenhum deles saísse voando com algo no bico.

De um lado da praça, saiu um cachorro, que começou a uivar e latir para uma anciã que cantava, sentada em uma cadeira de balanço de vime embaixo das três embaúbas brancas. Era uma senhora gorda, rodeada de uma dezena de pombas. Era possível ver, sob o chapéu, seu cabelo crespo tingido de amarelo. Usava um vestido largo, magenta, da mesma cor de seus lábios, e estava descalça.

Uma mulher com capa impermeável e chapéu se aproximou.

— Mãe Carmen, tenho uma consulta.

A anciã parou de cantar, pegou uma galinha de sua mochila e a colocou no chão. F ficou observando a ave, que lhe pareceu muito alegre e muito gorda. A galinha bicou uma pena, escolhida entre as tantas que havia no chão, afastou-se dando pulos e a desafiou para ver se a pena era valente e se a atacaria. Ficou saltitando ao redor da pena, enfiou-se entre os pés descalços de sua dona e bicou seus dedos. Parecia não conseguir ficar parada nem por um instante. A anciã pegou na mesma mochila um punhado de milho e fez dois montinhos com ele, um maior que o outro. As pombas e outros pássaros que rondavam se afastaram do círculo.

— Devo espantar o grupo de corujas que se juntam nas tardes no telhado da minha casa? — a mulher perguntou.

A anciã colocou a galinha perante os grãos, e em seguida o bicho bicou o montinho maior.

— Maribelita diz que *sim* — respondeu. — Caso contrário, sua família passará fome. É melhor afugentá-las, senhora.

Como pagamento, a mulher lhe entregou um cacho de bananas.

— Chamam-na de Mãe Carmen — explicou o avô ao perceber que F a observava atento —, e o cachorro se chama Don Héctor. Supõe-se que ela adivinha o futuro por meio da interpretação do voo e do canto das aves. Ela acredita que os pássaros são os intermediários entre o Céu e a Terra. Por isso, não usa sapatos — disse o avô, rindo —, para não perder a conexão com a Terra. Mas sempre prediz coisas tristes, maus agouros. Maribelita, a galinha, diz ela, é adivinha. Como pode isso? Sempre se soube que as galinhas são tontas. Não dê bola a essa senhora.

O avô lhe contou que todos em Barbascal haviam se acostumado a acreditar que a anciã era a dona da verdade. Ela dizia que se certas aves não fizessem ninho no telhado de uma casa, não haveria tranquilidade naquele lar; que se um pássaro batesse contra a janela, fosse com o bico ou chocando-se diretamente contra ela, a morte viria visitar, e que se fosse um filhote de pombo, era iminente.

F continuou observando Mãe Carmen sem dizer nada. Ela começou a cantar novamente. Cantava forte, e muito mal! E Don Héctor começou a latir.

— Vejam só este cachorro! Acha que é um crítico de música... como se latisse muito afinado! — disse a anciã. F voltou a sorrir, e o avô lhe fez sinal para que continuasse andando.

— Vô, então as pombas da Mãe Carmen também são pombas mensageiras como as suas?

— Não! — Devolveu o avô um pouco irritado. — Na realidade, as pombas da Mãe Carmen não fazem nada além de segui-la, como o cão que a acompanha. Minhas pombas, por outro lado, prenunciam caminhos melhores.

F se lembrou de quando seu pai lhe disse: o avô é carteiro, mas não qualquer um, é carteiro de boas notícias.

De repente, o céu ficou cheio de urubus-de-cabeça-vermelha, aqueles abutres pretos sem penas no pescoço e com asas enormes. A Mãe Carmen, acompanhando-os com os olhos, começou a gritar:

— Santos Céus! Vejam, vejam todos. A desgraça está vindo para Barbascal.

A jovem Arroz parou de caminhar, Don Héctor parou de latir e os donos das bancas pararam de anunciar seus produtos.

O avô olhou para o céu, e não demorou até que um bando de gente começou a gritar que haviam encontrado um emplumado num povoado vizinho. Um emplumado? F não sabia nada sobre eles, como saberia?

Depois, sim.

Depois ficou sabendo tudo sobre os emplumados.

FORA DA CASA DO AVÔ, HAVIA UM ANÚNCIO em uma tabuinha, que ele leu para F:

Pombos correio
Avise a um ente querido que você está muito bem!

E ali mesmo, um cartaz informava outros serviços, que também leu em voz alta:

Envio de convites para batismo, primeira comunhão e casamento.
Redação de cartas de aniversário, declarações de amor e pedidos de perdão.
Empréstimo de lápis, papel e giz de cera para deixar suas mensagens lindas.

ADVERTÊNCIA!
Todas as mensagens serão lidas. Caso sua carta informe uma má notícia, ela será destruída imediatamente.

Assim que entraram na casa, o nariz de F começou a arder. O cheiro não era de orégano, cera derretida ou café. Tampouco sentia-se o aroma de goiabas ou limões, como se lembrava seu pai.

Era cheiro de estrume de pomba molhado, de milho e de palha. Um cheiro entre doce e ácido que se mesclava com o cheiro do cigarro que o avô fumava. E como teria entrado na casa outro cheiro, se as portas e as janelas estavam fechadas, e as persianas, abaixadas?

— Nunca abrimos as janelas desde o meio-dia até o entardecer. Imagine, as casas se encheriam de pássaros — informou o avô quando F lhe perguntou o motivo. — Sente-se, meu irmão já chega, quero dizer, seu tio-avô Eduardo — disse e apontou um sofá que estava coberto de penas. O ancião virou a almofada, e o reverso estava limpo; sentou-se, pegou um livro que estava sobre uma mesa e também limpou a capa. Começou a ler.

O menino imitou o avô e virou a almofada de sua cadeira, mas o outro lado também estava sujo. Permaneceu de pé, observando cada canto da sala, um lugar escuro e bagunçado. Seja lá o que for procurar, disse a si mesmo, não saberá onde encontrar; acima de tudo, porque, para onde olhasse, via penas. Penas cinzas, verdes ou roxas, de uma cor metálica. As penas formavam um grosso tapete no chão, sobre mesas e cadeiras, cobrindo tudo; outras oscilavam no ar, lentamente, como se buscando um lugar para pousar.

Em um canto, estavam as gaiolas com as pombas que o Sr. Ramiro havia enviado.

— Como você vai chamá-las, vô?

— Chamá-las?

— Sim, um nome.

— Seu tio sempre lhes dá um número, só isso.

— Números? Que chato! — disse, e se aproximou das gaiolas. Começou a batizá-las em voz alta: — Cuchufleta, Turuleta, Trompeta, Piruleta, Morisqueta, Pantaloneta, Crispeta, Chancleta, Avioneta, Escopeta e... Nidia Amparo — terminou. Como não conseguiu pensar em outro que terminasse em eta, e a última era uma pomba vesga, pensou na mulher que trabalhava com seu pai na farmácia e que tinha os olhos tortos.

O avô, que conhecia a mulher, soltou uma gargalhada.

— Com os olhos que tem esta pomba, certamente levará a mensagem a outro lugar. — disse em meio à galhofa. — Por que Ramiro me enviou uma pomba vesga?

Os dois riram.

Ruu, ruu! Começaram a ouvir. *Ruu, ruu! Ruu, ruu!* De uma hora para outra, como quando alguém aumenta o volume do rádio, a casa se encheu de um murmúrio. — Um arrulho — corrigiu o avô. De debaixo de uma mesa, saíram várias pombas; de um par de sapatos, apareceram outras cabeças; também de dentro de um vaso, de trás de uns livros organizados e de umas sacas de milho. Dos cantos, saíram pombas e começaram a caminhar e voar pela sala.

— Às vezes são tímidas — explicou o avô, enquanto duas delas subiam em suas pernas e outra se aninhava em sua cabeça.

A casa do avô se parecia com o povoado, cheia de aves — só que estas eram apenas pombas mensageiras — sujas e fedidas. Dava a impressão de que ninguém passava um esfregão ali havia muito tempo. O mais estranho era que o avô estava impecável. E nesse momento, F entendeu como ele conseguia:

— O guarda-chuva também deve ser usado aqui dentro — advertiu o ancião. — Ou vista um desses. — E apontou para um cabideiro onde havia três chapéus duros e brancos.

— Urgh! — exclamou F, enojado ao pegar um deles e sentir as mãos pegajosas.

— Vista-o! — insistiu o avô.

F estava quase rindo. Como poderia vestir aquele chapéu imundo?

— Não estou brincando — disse o avô, sério. — Ou o chapéu ou o guarda-chuva...

De repente, a casa ficou em silêncio, o arrulho terminara. F olhou para o alto, e as pombas estavam nas vigas. Duzentas, havia lhe dito o pai. O avô, sem tirar os olhos do livro e sem olhar para o teto, abriu seu guarda-chuva. F se sentou e o imitou.

Splash! Splash! Splash!

Naquele dia, F estreou seu guarda-chuva dentro da casa do avô.

— Estão lhe dando as boas-vindas — falou o avô, gargalhando. — Muito bem, meninas.

O garoto olhou para seus sapatos. A mãe os havia engraxado para a viagem. Agora estavam salpicados de uma coisa pastosa e esbranquiçada, assim como o chapéu, que ainda segurava na mão.

Fingiu um sorriso.

— Obrigado pela recepção — disse às pombas, e permaneceu sentado no sofá com o guarda-chuva aberto, olhando para os sapatos.

Em seguida, apareceu um senhor mais velho que o avô, usando um chapéu que lhe cobria os ombros. Era magro, alto, com nariz grande e curvado, vesgo, e seus poucos dentes estavam posicionados como os torcedores durante um jogo de futebol: amontoados. F o observou com atenção. Tinha uma cara estranha, como se tivesse acabado de chupar um limão. Aquele homem era enrugado assim mesmo ou será que iria espirrar? Ficou esperando o atchim para decidir: saúde! Mas o outro não espirrou nem mudou de expressão.

Caminhava lentamente e fedia como a casa. Em seu ombro direito, levava uma pomba adormecida. Quando se aproximou, o nariz de F ardeu ainda mais.

— É seu tio Eduardo — informou-lhe o avô, sem levantar os olhos do livro. F sabia desse tio, mas não o conhecia, nem por fotos. Quando o avô ia a Gansanares, era sempre sozinho, e dizia que o tio Eduardo ficava enjoado ao viajar de trem —. E ela é a Pomba 8, uma pomba velha.

— Oi, tio — disse F. O tio apenas resmungou e lhe ofereceu um copo de limonada. — Oi, Pomba 8 — disse ainda. O tio não respondeu, nem a pomba. Saíram dali.

— Está com os ouvidos entupidos? — perguntou F enquanto buscava manter o refresco sob o guarda-chuva.

O avô olhou para ele.

— Ou é mudo? — Mas o avô não respondeu; sorriu e continuou a leitura.

O *ruu, ruu* das pombas deixou o menino um pouco atordoado. Duvidou que aquele som pudesse embalá-lo nas noites. Então, tirou do bolso os ninhos de beija-flor e tapou os ouvidos.

Vô, isso ele pensou, não disse, *você teria também um pregador para eu colocar no nariz? Ah, se sua mãe soubesse para onde o havia enviado! Justo ela que tanto gostava de ordem e asseio.*

Sorveu a limonada e permaneceu sentado o resto da tarde, embaixo de seu guarda-chuva.

2 Louro

Os louros são inteligentes, brincalhões e curiosos. Chegam a viver até 80 anos. São muito habilidosos com as patas e as usam como se fossem mãos. Podem se sustentar com uma pata enquanto seguram objetos com a outra. Também têm um bico forte em forma de gancho para abrir frutos secos. *Craaa-craa!*, dizem incontáveis vezes. *Craaa-craa! Craaa-craa!* Por isso é necessário ter tampões de ouvido sempre que estiver perto de um louro. Chegam a ser insuportáveis. E se são muitos louros juntos, pior. *Craaaaaaaaaa*!

O PRIMEIRO DIA DE ESCOLA PARA F FOI BASTANTE ESTRANHO.

Quanto entrou na sala de aula, viu um monte de crianças brincando e pulando em silêncio. Se soltavam um risinho ou um grito, tapavam a boca imediatamente. Brincar, rir e pular em silêncio? Que coisa mais esquisita!

As carteiras estavam alinhadas perante o quadro-negro. F viu vários lugares vazios, mas como queria fazer amigos, sentou-se perto do único menino que estava sentado. Tinha sua idade, cabelo avermelhado e crespo, com bochechas sardentas e óculos de lentes tão grossas, que F imaginou que ele devia conseguir ver o que cada colega trazia na mochila. F trazia goiabas, um sanduíche de ovos fritos, cadernos e penas, que havia apanhado no caminho.

— Oi! — disse, emocionado — Me chamo F.

— Xiiiu! — fez o menino, colocando um dedo sobre a boca. — Não queremos acordar a professora. Me chamo Felipe. — E apertaram as mãos.

Não acordar a professora? Procurou-a com os olhos e viu uma senhora bastante velha, que poderia ser sua tataravó, dormindo junto à mesa. Usava um vestido cor de tangerina, um chapéu de palha adornado com florzinhas de crochê, e em seu ombro esquerdo dormia um louro.

— É ela? — perguntou a Felipe. — Ela é a professora?

— Sim, quem mais seria? — sussurrou. — Se chama Alicia, Sra. Alicia — corrigiu-se —, e passa o tempo todo dormindo.

— E então, quem vai dar a aula? — questionou, preocupado.

— Eles — respondeu e apontou para cima.

As vigas de madeira do teto estavam cheias de louros, uns dormiam e outros comiam banana madura.

— Eles são seus ajudantes de sala.

— Ajudantes? Os louros? — quase gritou.

— Xiiiu! — voltou a colocar o dedo sobre a boca e fez sinal com a cabeça para que se aproximasse.

Falou em seu ouvido:

— Vai acordá-la. Olhe para ela. — E ele olhou. — O que espera da pobrezinha? Está muito idosa, não acha? Começa com uma lição, muito animada, dança, canta, fala rápido e logo se cansa e pega no sono de novo. Também não gosta muito quando não entendemos e fazemos muitas perguntas. Diz que não prestamos atenção o suficiente e que nos distraímos com facilidade, que fazemos ela perder tempo, daí os louros a substituem.

— Os louros? — voltou a perguntar. — Está falando sério?

— Sim — continuou Felipe, — são cem louros e repetem o que ela lhes ensinou durante anos, ou o que aprenderam de tanto escutá-la. Agustín, o louro no ombro dela, é o encarregado de repetir o que ela diz. São inseparáveis. Vão juntos para todos os lados. Quando vão ao mercado, ela cumprimenta o vendedor e fica parada na frente dele em silêncio enquanto o louro em seu ombro recita a lista de compras que ela lhe ensinou na noite anterior; a professora faz outro cumprimento, paga, e vão embora.

F arregalou os olhos.

— Às vezes Agustín repete o que nós dizemos, mas ela o proíbe de fazer isso — continuou Felipe. — Aquele ali — apontou para um louro pequeno — ditou a tabuada do três uma manhã inteira. É claro que aprendemos. Quem é que não grava isso de três vezes um, três; três vezes dois, seis... depois de ouvir uma manhã inteira?! Esse outro sabe a tabuada do quatro, e aquele ali, a do cinco. Tem um louro para cada tabuada. Outro sabe as capitais do mundo, outro recita os rios do país, e lá no fundo tem um que sabe a receita da goiabada de que a professora gosta. Aquele ali, o mais gordinho, nos conta contos — sorriu. — Na verdade, só sabe uma história, a de uma costureira que fazia vestidos muito lindos. Ela os costurava com a ponta do nariz. Cada um é especialista em uma matéria e todos se encarregam da disciplina, de colocar ordem.

F permaneceu com os olhos arregalados, e Felipe continuou:

— A aula que eu mais gosto é a do Ezequiel, um louro que sabe o nome de muitos dos pássaros que vivem em Barbascal e imita seus cantos com perfeição. Eu quero ser ornitólogo...

— Orni... o quê? — interrompeu F.

— Cientista de aves — explicou Felipe e arrumou os óculos novamente. — Todas as tardes, vou ao Bosque de Juancojo com minha mãe para desenhá-las e aprender novos cantos — disse emocionado e lhe mostrou um caderno com muitas aves desenhadas.

Em seguida, imitou uma coruja. F o parabenizou.

— Também a ajudo no Hospital de Pássaros. Ela trabalha lá com Sandra, a veterinária. Minha mãe é médica de pássaros. Ela anda pela cidade e pelo bosque procurando pássaros doentes para levá-los ao hospital. Tenho aprendido um pouco. Quando ficam bons, nós os soltamos de novo.

F ia lhe pedir para falar sobre um louro de bochechas amarelas e testa vermelha, quando uma menina gritou:

— Professora! — O berro a arrancou do sono. — Quem é o menino novo?

E todos se sentaram imediatamente e abriram um livro, olharam para a menina como se ela houvesse comido o melhor sorvete de nozes com caramelo que estava destinado a eles e, em seguida, ficaram olhando F em silêncio.

A professora abriu os olhos, arrumou o chapéu e os óculos.

— O que está dizendo, Tatiana querida? — perguntou, ainda com sono.

O louro do seu ombro também abriu os olhos.

— Gostaria que falasse mais alto da próxima vez — disse a professora. — Não consigo ouvir nem uma palavra do que você diz. Isso acontece porque não prestou atenção no que expliquei.

Não havia explicado nada.

— Bom dia, amiguinhos! Bom dia! — disse, elevando muito a voz, uma voz aguda e aflautada. — Façam o favor de colocar o guarda-chuva debaixo da cadeira e o chapéu nos cabideiros da entrada e sentem-se de novo. Agora sim! Bem! Todos preparados! Vamos, então! Vamos começar a aula!

F foi o último a pendurar o chapéu que havia pegado do cabideiro do avô, mas agora estava limpo.

— Professora! — gritou a menina de novo. — Tem um menino novo na sala. Um menino novo. — Apontou para F com o indicador. — Quem é?

— Vejam só, que coisa — suspirou a professora, com cara de indignação. — Por que não me avisou antes, Tatiana? Como somos maus anfitriões! — disse, agitando sua bengala. — Sentem-se, crianças, por favor. Sentem-se!

— *Craaaaa-craa! Sentem-se!* — disse Agustín. — *Sentem-se!*

— Ô, meu docinho! — disse a professora; não parecia que, havia alguns segundos, dormia profundamente. — Olha só, então você é o menino novo! Veio da cidade de Gansanares, né? Sim, sim, seu avô me disse ontem. Bem a tempo, meu querido! Estou muito feliz! Muito contente por você! Vai aprender muito aqui. É um prazer conhecê-lo, meu doce! Muito bem! Entraram todos? Sim! Bem! E agora, pode vir, por favor? Aqui no quadro. — F ficou pálido. — Venha, não fique tímido. Aqui somos todos muito amáveis, não é mesmo, crianças?

Falava rápido, sem dar tempo para ninguém responder.

F se levantou e foi até onde ela indicou. Não conseguia levantar os olhos. Sabia que o olhavam de cima a baixo. Só via as pernas das carteiras e os guarda-chuvas coloridos embaixo de cada cadeira. No chão, havia penas verdes. E mais para lá, longe, seu guarda-chuva, verde também.

— Apresente-se, querido — falou a professora. — Vamos! Queremos saber sobre você.

Tomou ar para que a voz saísse forte e clara, mas quando ia dizer seu nome, a professora lhe fez sinal com a mão para que ficasse quieto e lhe ofereceu um giz.

Engoliu o ar.

— Não, escreva seu nome completo.

Ele a olhou, ainda mais nervoso.

— Nome e sobrenome — explicou. — Aqui, no quadro. Escreva, vamos querido, o que está esperando? Não temos tempo a perder.

A única coisa que F sabia escrever era seu nome, que tinha só uma letra: F. Quando explicou que não sabia ler nem escrever, a sala se encheu de murmúrios.

— Que vergonha — disseram uns.

— Tão grande e não sabe. Deve ser um tonto — disseram outros. — Não sabe nem as vogais?

— Aprendi muito pequena — disse uma menina. — E ele vem da cidade!

Sentia o rosto queimar. Quis correr, mas a professora ergueu a mão, e todos ficaram quietos.

— Mantenham a calma! Mantenham a calma! Não tem problema, meu querido — disse, e sorriu para ele.

Viu que ela tinha dentes amarelos, e seus olhos cinzas estavam atrás de óculos com moldura metálica de cor café. Tinha o cabelo branco, cacheado e curto sob o chapéu. Caminhava com sua bengala, por mais que se apoiasse poucas vezes nela. Usava-a mais para apontar as coisas.

— Conte-nos então como se chama, onde vive e com quem. Vá, conte!

— *Craa! Conte-nos, conte-noooos* — repetiu o louro, assim mesmo, com muitos "os" e com a voz aguda e aflautada da professora.

F disse:

— Me chamo F García.

— *Craa! F García!, F Garcíaaa! Craa!* — falou o louro.

— F? F? Que nome é esse?

Olhou para o lugar de onde vinha a voz.

Quem perguntou foi o maior menino da sala, que estava num canto. Tinha cabelo castanho, nariz achatado e olhos muito juntos, como seus joelhos. Chamava-se Eliécer.

— Não minta para nós. Tenho certeza que te batizaram Flor-de-maio e você tem vergonha de dizer.

F baixou a cabeça mais uma vez. Todos riram, alguns repetiram Flor-de-maio várias vezes, tirando o sarro. Até o louro repetiu.

— Jesus, Maria e José! Acho que seus pais estavam com preguiça no dia em que te batizaram — continuou Eliécer.

— Poderia se chamar Fábio, Fausto ou Felipe, como meu primo. — E apontou para o companheiro de carteira de F.

F olhou para Felipe e imaginou que, com aqueles óculos, conseguia ver os nervos que estavam em seu queixo e o faziam tremer.

— Meu nome é só F — respondeu, fingindo que estava tranquilo. —Vim sozinho para Barbascal, sem meus pais. Sou neto de Enrique e sobrinho de Eduardo, os donos do correio de pombas.

Todos ficaram em silêncio e olharam uns para os outros. Felipe ficou pálido, e Eliécer não abriu a boca. Até o louro ficou de bico fechado e começou a mordiscar o chapéu da professora.

— Os carteiros — falou orgulhoso. — Conhecem? Devem conhecer. Ah, mas não são simples carteiros! — Impôs um tom enérgico. — São carteiros de boas notícias.

Ninguém disse nada.

A professora também ficou muda. A voz de Felipe desencadeou a avalanche.

— Isso não pode ser! Então... você é sobrinho do Homem-Pomba!

— Do Homem-Pomba? — murmurou F, e sorriu para Felipe, mas ele ficou sério.

Os outros tampouco riram. Só o fato de mencionar aquilo produziu um grito num canto, um ataque de pânico noutro. Viu que os rostos ficaram cheios de medo; isso, de muito medo.

As crianças disseram que nunca haviam visto seu tio, mas apenas sua sombra curvada e seu nariz em forma de bico. Contaram que saía de noite, depois que a Lua se escondia, e espiava pelas janelas. Que levava as crianças desobedientes em seu bico e as atirava na lagoa lá do alto. De repente, F começou a dizer que era assim mesmo, e todo mundo começou a tremer de medo.

— É verdade? — perguntaram.

— Sim, sim — fazia com a cabeça.

As plantações de tomate das pessoas apodreciam porque o Homem-Pomba havia colocado seu bico maléfico em cima, explicaram. Todos os pequenos delitos furtivos cometidos em Barbascal eram obras de suas mãos.

A professora permanecia calada, pensando no que fazer. Olhava seus louros para ver qual deles a ajudaria a resolver a situação. O louro que sabia a tabuada do quatro? Seguia o quatro, certo? Ou o do reino das plantas?

Alguém disse que, em certa ocasião, a cidade fora aterrorizada por uma série de acontecimentos terríveis: encontraram frangos e animais domésticos mortos, e por mais que o culpado fosse um cão selvagem que depois foi capturado, as pessoas continuavam de olho no Homem-Pomba, negando-se a descartar suas primeiras suspeições.

— Sim, foi ele. Claro que foi! — gritaram vários. — Não foi o cachorro, foi o Homem-Pomba.

— Ah, e dizem que come micos — acrescentou outro. — Todos na cidadezinha dizem que ele não dorme nunca! Que sempre espreita pelas janelas para escolher uma criança.

Algumas, ele apenas assusta; outras, ele rapta e ninguém mais ouve falar delas. E aquelas que têm a pior sorte, ele as lança na lagoa e as devora.

F fazia que sim com a cabeça. Fazia que sim e continuava escutando, assim como a professora. Ela estava engasgada. Fazia descer o louro que conhecia quais eram os animais em perigo de extinção? Não, o que recitava os Direitos Humanos. Ou melhor, aquele que sabia a receita da goiabada?

As crianças continuaram dizendo que nenhum adulto em sã consciência passava em frente da casa do avô de F à noite, e quando isso acontecia, ia pela calçada do outro lado e não deixava de assobiar enquanto caminhava. O quintal interno da casa, que dava para a rua, tinha umas goiabeiras altas que deixavam cair seus frutos, mas as crianças nem em sonho tocavam naquelas goiabas. Uma bola que acabasse caindo no quintal do Homem-Pomba era considerada perdida, e não se falava mais no assunto.

— Quando passo pela calçada — disse outro menino —, vejo sua sombra por trás das grades do pombal, lá em cima da casa. Um homem gigante com bico de pomba.

— Sim — disse F, muito sério. — Isso mesmo. É coberto de penas, e no lugar do nariz tem um bico, e em vez de pernas tem patas de pomba.

Disse isso. Sim, disse. Queria fazer amigos. Pensou que dizer que tinha um tio-pomba o tornaria o mais popular da escola.

— Ah, então não serei sua amiga — soltou Tatiana. — Você é o sobrinho do horrível Homem-Pomba, não serei sua amiga.

— Eu também não — disse outro. — Deve comer micos crus, como seu tio.

— E crianças…

— Deve ser uma pessoa má…

— Eu também não serei seu amigo — informou Eliécer.

— *Craaaaa-craa! Eu também não!* — repetiu o louro. — *Craaaaa-craa!*

— Nem eu — continuaram.

Nesse momento, a professora reagiu e levantou a bengala:

— Fiquem calmos! Fiquem calmos! Agustín, não deve repetir essas coisas.

Olhou para F e percebeu que ele estava a ponto de chorar.

— Eu também não serei seu amigo — falou Eliécer, que já havia dito isso.

— Eu… — começou a dizer Felipe.

— Chega! — gritou a professora e, ao mesmo tempo, deu um golpe seco com a bengala no chão. A sala ficou em silêncio, e as crianças se apressaram para pegar seus guarda-chuvas. F olhou para o seu. O que estava acontecendo? Olhou para o teto e para o monte de louros que estavam nas vigas. A professora deu um segundo golpe e *Splash! Splash! Splash!*

— Ai, não — foi tudo o que F conseguiu dizer.

As crianças riram ao vê-lo assim, sujo. Riram e riram muito.

Ai, não, pensou a professora.

F baixou a cabeça, humilhado; limpou o rosto e apertou o giz. A professora se aproximou, com pena, e o ajudou a se limpar. Em seu desespero para conter a discussão, havia se esquecido de que F era novo e que ainda não conhecia algumas regras da sala de aula.

— Agora todos vão limpar cada cantinho — gritou a Sra. Alícia.

Apenas se ouviram reclamações de descontentamento.

Naquela noite, F quis saber mais sobre seu tio, que continuava sem falar com ele. Seria mudo como seus colegas haviam lhe dito? Ou seria, na verdade, um homem monstruoso? Subiu devagar ao pombal, por mais que temesse encontrá-lo devorando micos ou crianças.

Talvez o cansaço o houvesse vencido depois de limpar os ninhos e a casa e de ter que cozinhar. Ali estava, deitado no chão com o pescoço sobre uma saca de milho. Supunha-se também que o tio não dormia, porém, o fato era que dormia. F descobriu isso e ficou ali quietinho, ouvindo a respiração que saía de sua boca. Na manhã seguinte, quis contar a Felipe que seu tio dormia profundamente e roncava. Mas ao vê-lo entrar na sala de aula, Felipe fechou a cara e se sentou do outro lado.

Tampouco pôde contar que o ronco do tio era mais como um sibilar, que atraía as pombas, e elas pousavam em sua cabeça, com se fosse uma árvore, como se lá, no meio de seu cabelo grisalho, tivessem permissão para se aninhar.

O AVÔ CHEGOU com um pombo-correio para F. Era um presente que seu pai lhe havia enviado por meio do Sr. Ramiro. Trouxeram-no em uma gaiola com grade vermelha, que tinha uma enorme torrezinha de arame com dois pisos interiores e corredorezinhos especiais para comer e dormir. F olhou a gaiola com cuidado, sem tocá-la, pensando que ela era mais do que havia sonhado. Estava feliz porque a pomba levaria suas cartas a seus pais todas as semanas. Chamou-a de Alcahueta, pois seria sua cúmplice. Claro, também precisava terminar em eta, como as outras pombas que havia nomeado.

— Alcahueta? Que nome é esse? Pomba 212, está decidido — disse o tio Eduardo, e amarrou uma etiqueta com esse número na patinha esquerda.

F ficou o olhando. Não era mudo! Sua voz era forte, rouca. O tio notou que o menino o observava com cuidado, então fechou a cara, e F baixou a cabeça.

— F — começou o avô. — Lembre-se de que esta pomba só levará notícias boas, como todas as deste pombal. Se estiver entediado na escola, se tiver dificuldade com algum amigo, conte para mim, não para seus pais. Eles já têm problemas o suficiente. Só boas notícias — elevou a voz. — Política da nossa empresa, entendeu?

O tio Eduardo protestou do canto. Não estava de acordo com tal política. O Sr. Ramiro tampouco filtrava as mensagens, não tinha a mesma ideia do avô, ou seja, enviava tudo pelo que os clientes pagavam; era o avô que, quando as pombas chegavam ao seu pombal, lia mensagem por mensagem e destruía as cartas que continham más notícias. Aos clientes, dizia: puxa, que pena, parece que se perdeu no caminho.

— Notícia é notícia, Enrique, boa ou má. As pessoas têm o direito de contar o que quiserem — falou o tio Eduardo. — É por isso que pagam. Tanto nós como o Sr. Ramiro nos sairíamos muito bem sem sua política ridícula de "só boas notícias". Francamente! Você vive sonhando.

— Se quiserem informar que algo anda mal, pois que enviem por outro meio — devolveu o avô. — Estas pombas, suas asas, só levam mensagens alentadoras. Já temos o suficiente com essa guerra absurda. E ponto.

Mas não era assim. O povo de Barbascal não tinha outro meio para se comunicar com a família a não ser as pombas do avô. Às vezes se arriscavam e tentavam disfarçar uma má notícia, mas o avô acabava descobrindo e destruía a mensagem. Em Barbascal, não chegavam os jornais nem o sinal de rádio. Nunca sabiam o que estava acontecendo no mundo. Além disso, eram poucos os que saíam da cidadezinha, e desses, menos ainda os que voltavam. O que ocorria fora de lá, só sabiam o avô e quem escrevia. Ninguém mais. Em época de guerra, ninguém podia levar correspondência nos bolsos ou na bagagem. Os exércitos controlavam os correios para identificar inimigos ou possíveis espiões. Precisavam estar seguros de que ocultavam suas posições ou estratégias.

— Essas notícias são de cortar a alma. Seria melhor não sabermos delas — acrescentou o avô. — Ou não?

— A linha que separa uma notícia boa de uma má é muito tênue.

O avô não disse nada. F, que não saía de perto da janela, viu que lá na rua, em direção à praça, ia a Mãe Carmen caminhando devagar, apoiada em uma mulher jovem que levava uma estrutura de metal atada à cintura. O cinto era como aquele de ferramentas, mas em vez de bolsos, estavam penduradas gaiolas de vários tamanhos.

— Jesus, Maria e José! — escutou alguém gritar. Era Eliécer, que além de colega do colégio, era neto da Mãe Carmen. Reconheceu sua voz. — Não andem tão rápido! — dizia gargalhando enquanto se aproximava das mulheres com a cadeira de balanço de vime nas costas. — Assim não vão encontrar a praça.

O Sr. Héctor ia atrás, e as pombas voavam baixo, rodeando a todos. Outras se afastavam e voavam de sacada em sacada.

F temia que Alcahueta se perdesse, que não voltasse, que uma águia a devorasse.

— As pombas são para isso mesmo, F. Abra a porta para ela, que voe aqui no pombal. Vou te ensinar a treiná-la — disse o avô, que também havia notado as pombas da Mãe Carmen. — Não a deixe trancada na gaiola vermelha o tempo todo, por mais que seja ampla e bonita. Além disso, aqui em Barbascal, o uso das gaiolas é controlado.

Contou-lhe que usavam gaiolas no Hospital de Pássaros e nas granjas de aves poedeiras, mas isso só era permitido se as aves tivessem que ser vigiadas por estarem doentes e precisando de tratamento e tempo em repouso. Em seu caso, estava autorizado durante a temporada de treinamento. Disse que as famílias de agricultores também as utilizavam, pois algumas aves podiam ser aproveitadas como pesticidas naturais.

F fez cara de quem não entendeu.

— Os bem-te-vis, as corujas, os gaviões-brancos e as pequenas aves insetívoras servem para controlar as pragas — explicou o avô. — São levadas nas gaiolas, e as soltam nos campos onde há roedores e insetos.

F fez cara de nojo.

— E as gaiolas que estão sobre os telhados das casas, para que são? — perguntou o menino.

— Não são gaiolas — respondeu o avô. — Há muitos anos, instalamos caixas-ninho em cima de todos os telhados para permitir o assentamento de algumas aves. Agora são muitas em Juancojo, então algumas não voltam para dormir e ficam em Barbascal. A ideia é que cada família se encarregue de cuidar de uma família de pássaros. Os agricultores, por exemplo, cuidam dos falcões ou das corujas, pois fazem uso deles. Outras famílias adotaram pássaros tecelões, como o japu ou o frango-d'água-azul. Sabe, F? Esses passarinhos costuram habilmente fibras vegetais, raminhos, folhas compridas e os unem para fazer seus ninhos. Eles tecem ninhos extraordinariamente sólidos, alguns à prova de chuva, projetados de forma magnífica. Assim, essas famílias cuidam deles e tentam fazer um tecido parecido para, então, vender chapéus, bolsas e cestos nas feiras dos domingos. Mas — suspirou fundo — tem gente que está cuidando das espécies de acordo com as indicações que a Mãe Carmen lhes dá: se há velhos e não querem que morram logo, devem espantar os pássaros carpinteiros; se quiserem harmonia para o lar, devem cuidar dos guaxes; se quiserem ter viagens prazerosas, devem atrair os gaviões-de-asa-larga. Muitos não querem criar nem cuidar de ananbés-pretos, batarás ou tapicurus, porque acham que trazem má sorte...

— Alguma razão deve ter essa senhora— interrompeu o tio Eduardo, e F se lembrou do senhor cego com o tachã-do-norte.

— Que razão que nada! — exclamou o avô. — Se as coisas fossem assim, era só cuidarmos das mesmas espécies para termos saúde, amor e dinheiro. Aquela mulher e suas tontices!

— E quais aves vivem na caixa-ninho do nosso telhado? — perguntou o menino.

— As pombas, é claro — disse orgulhoso o avô.

— As pombas vivem aqui dentro, e não no telhado — corrigiu o tio.

— Quando me casei com sua avó, decidimos cuidar das pombas. São aves maravilhosas! Sem bem que tem muita gente que não gosta delas e as persegue porque invadem edifícios nas cidades e por sua voracidade no campo; acham que são uma praga. Mas sua avó e eu gostávamos de seu glorioso passado. Veja, F, muitas décadas atrás, as pombas eram usadas para enviar mensagens codificadas durante a guerra. Além disso, são fiéis a tal ponto que, caso o parceiro morra, nunca mais buscam outro companheiro — suspirou. — Quando sua avó morreu, decidi que viveriam comigo, conosco — olhou para o tio —, para aliviar um pouco sua ausência, e foi assim que iniciamos o correio de pombas.

— Então as pombas também trazem boa sorte — afirmou F.

O tio soltou um risinho zombeteiro e disse:

— Supostamente o Enrique não acredita nisso.

O avô fechou a cara para ele e se defendeu:

— Segundo a Mãe Carmen, o *crucrucruú* de uma pomba distante anuncia acontecimentos tristes, e comer seus ovos traz má sorte. Que ovos acha que comemos na maioria das vezes no café da manhã? — O menino limpou a língua com a mão. — Acredito sim que se as alimentar e cuidar, vai atrair amigos novos e sinceros! E, se não, olhe para você, acabou de chegar e já tem muitos amigos! — F baixou a cabeça. — A Mãe Carmen disse que se um casal de pombas vive perto da sua casa, isso espantará o reumatismo. É por isso que ela tem pombas por perto, pois tem dores no corpo. Mas nós as acolhemos por serem sábias e inteligentes...

— Mas parece que, de alguma forma, você acredita sim nos comentários da Mãe Carmen — resmungou o tio, com ar de gozação, e o avô pigarreou. — Você conhece ao pé da letra o que ela diz sobre cada ave. Caso ela morra, você pode substituí-la na praça sem qualquer problema.

Para a sorte do avô, a conversa foi interrompida por um vizinho, que chegava minutos antes de o correio partir. O avô saiu lentamente. F o seguiu.

— Sr. Enrique — disse o vizinho —, preciso enviar, e com urgência, uma notícia aos meus irmãos em Gansanares. Nossa mãe está morrendo. Sim, eu sei — procedeu ele antes que o avô o interrompesse —, sei que só devo enviar notícias boas, mas é que preciso informá-los para que peguem o Trem Amarelo para Barbascal logo de manhã. Quero que se despeçam dela. Ajude-me, não tenho outra maneira.

O avô, lento, comedido, pediu a F que trouxesse duas de suas pombas. Trouxe as pombas 80 e 96, que estavam sobre o fogão acabando com o arroz de uma panela que tio Eduardo deixara destampada. Havia se esquecido de fechar a porta da cozinha. O avô foi buscar dois tubos anelares em sua biblioteca.

Enquanto isso, o menino viu que o vizinho apertava ansioso seu guarda-chuva e olhava para cima, para os pássaros que começavam a invadir o céu quente e úmido. O barulho era atordoante.

— Vizinho — disse o avô quando voltou —, veja, minhas pombas sabem quando a carta leva uma notícia boa ou má. Se for má, se recusam a voar. Não é que eu não queira. Por favor — estendeu uma folha e um lápis —, escreva: Mamãe está melhorando. Ah, e insira todos seus dados: quem é o destinatário e quem é o senhor, como se fosse uma carta de verdade.

O homem fez tudo isso.

— Agora, entregue-a para mim. Vou lhe mostrar.

O avô pegou a Pomba 80 e colocou no tubo que estava marcado com a frase "boa notícia" a nota que anunciava que a mulher estava melhor. A má notícia ele colocou no tubo anelar da Pomba 96. F pegou a Pomba 80, e o avô pegou a outra, com cuidado.

— Agora, quando a janela do pombal se abrir, nós as soltaremos para que se juntem com as outras.

O homem e F ficaram com a boca muito aberta. A Pomba 96 não conseguiu levantar voo. Titubeou; batia as asas com dificuldade. A pata na qual estava o tubo anelar praticamente a fazia cair. A outra pomba se perdeu no firmamento com as outras mensageiras.

— Mas vão receber uma notícia que não é verdadeira — reclamou o vizinho. — Minha mãe não está nada bem. O senhor é um trapaceiro, Sr. Enrique.

— Veja da seguinte forma — devolveu o avô. — A mensagem trará um sorriso aos seus irmãos, e não lágrimas.

Desde que a guerra entre grupos armados havia se desencadeado, poucas pessoas tinham dinheiro. Assim, trocavam seus serviços por produtos. O homem franziu o cenho e entregou ao avô um quilo de feijão como pagamento pelo envio. Deu meia-volta, furioso, e partiu.

— Entende o que digo, F? — falou o avô enquanto subiam com a Pomba 96 para o pombal. Ele a acariciava entre suas mãos. — As pombas não levam notícias ruins. Está em seu sangue, ou em suas penas. Por que você acha que são o símbolo da paz? — F não respondeu. — Porque não foram feitas para levar inimizade aos demais, enfurecendo-os. Não senhor, as tristezas lhes pesam e não as deixam voar. — E dizendo isso, retirou o tubo anelar da pata, meteu-o no bolso da calça e lançou a ave para dentro do pombal. A Pomba 96 voou sem qualquer problema.

Pegou a carta verdadeira, que o vizinho havia trazido, entre o polegar e o indicador, como se pudesse se contagiar com alguma coisa. Em seguida, com o mesmo fósforo com que acendeu um cigarro, a queimou.

Naquela tarde, F ficou sentado no pombal com Alcahueta. Deu-lhe de comer e logo encostou em seu papo. Depois, deu-lhe de beber; ofereceu água várias vezes só para vê-la fechar os olhinhos quase que totalmente. Não sabia por que ela fazia isso, se de felicidade ou por causa da sede, mas movimentava uma membrana viscosa que tinha nos olhos. F ficava com medo, mas ria ao mesmo tempo. Depois, ficou olhando as pombas do avô e começou a chamá-las pelo nome.

— Olá, Pantaloneta. Olá, Crispeta.

O tio fez cara de bravo para ele.

— Elas se chamam Pomba 209 e Pomba 207 — resmungou. — Não as confunda, menino, senão elas não vão saber como se chamam.

F fez que sim com a cabeça e ficou em silêncio.

Mais de uma vez, viu o tio acariciar Pantaloneta, concordar com Escopeta e chamá-las por esses nomes. Para o menino, parecia o que o tio era mais carinhoso com as pombas do que com ele. Era carinhoso com todas, especialmente com a Pomba 8 e com Nidia Amparo. Ao menino, continuava apontando as coisas com as sobrancelhas e escarrando quando ele o cumprimentava.

— Saia do pombal — voltou a lhe falar o tio. — Este espaço é muito pequeno para nós dois. Saia, menino.

3 Tururim

O tururim, ou sururina, é uma ave que não voa, como seus parentes gigantes, os avestruzes. É rechonchuda e tem uma plumagem de cor marrom com uma sombra cinza na cabeça. Seu pescoço é pardo, com a garganta branquinha, e o ventre é de cor canela brilhante. Alimenta-se de sementes, bagas, insetos e, às vezes, rãzinhas. É uma ave tímida, solitária e reservada; em raras ocasiões podemos vê-la por aí, a não ser quando ela atravessa nosso caminho ou um terreno limpo. Parte de seu nome científico significa "oculto". Ou seja, ela não gosta de ser vista.

Quando F entrou na sala, a professora escrevia no quadro. Ela estava usando seu chapéu de palha com flores de crochê e um vestido azul-metálico. Parecia roupa de festa. F escolheu uma carteira lá no fundo porque pensou que assim não ficariam olhando tanto para ele. Sentou-se com a cabeça baixa e a levantava o suficiente para ver os pés dos demais e seus guarda-chuvas. À medida que as carteiras iam sendo ocupadas, percebeu que ninguém se sentava ao seu lado. Por duas vezes, quase o fizeram, mas mudaram de ideia no último minuto e foram sentar-se em outro lugar.

Felipe se sentou perto de uma janela. Não o cumprimentou nem o olhou.

— Ora, ora, ora! Como estão barulhentos hoje! Não, não, as crianças que educamos em Barbascal não são assim! Só faltava essa! Já entraram todos? Vamos, crianças! Acalmem-se — disse a professora, olhando-os. — Sentem-se todos, por favor. Entrem, entrem. Isso mesmo — falou para dois meninos que acabavam de entrar na sala de aula. — Tem um lugar livre ali. E outro ali — indicou, sinalizando com a bengala.

Ainda não havia visto F.

— E agora, a primeira coisa que devem fazer é parar de falar e… — Então o viu sozinho.

Percorreu a sala com o olhar e notou que havia outros dois meninos na mesma carteira de Felipe. Cada carteira tinha espaço para dois estudantes, e não para três. Hesitou em dizer algo, mas se arrependeu.

— Crianças, minhas crianças, deixem as mochilas, os guarda-chuvas e os chapéus em seus lugares e se acalmem! Certo? Agora vou fazer a chamada e anotar onde cada um se senta, entenderam?

Mas todo mundo continuou gritando, falando e murmurando. Então a Sra. Alicia deu um golpe com sua bengala no chão; sentaram-se e colocaram os guarda-chuvas sobre as pernas.

— Não, não, jovenzinhos; os guarda-chuvas vão debaixo da carteira, certo? Muito bem — continuou ela. — À medida que for chamando os nomes, venham aqui, e lhes darei o livro da matéria que estudaremos hoje. Já aviso que vou fazer novo mapa de sala. — Os três que estavam juntos deixaram escapar um ganido de pânico. — E antes que alguém pergunte: não, não poderão trocar de carteira. Ficarão o ano todo no lugar que vou indicar hoje. Entenderam? Muito bem, é isso. Agora, prestem atenção.

Pegou uma folha que estava sobre sua mesa e começou a ler os nomes em voz alta:

— Vejamos... Eliécer Agudelo? — disse, erguendo os olhos do papel.

— *Craaaa! Eliécer Agudelo?* — começou a repetir Agustín.

— Presente — respondeu o menino, ao mesmo tempo em que levantou a mão.

— Oi, meu querido — devolveu ela, apontando algo na lista; pegou um livro e o ofereceu a ele. — Venha buscá-lo — acrescentou.

Ele se levantou e o pegou.

— Tatiana Amariles?

— *Craaaa! Craaa! Tatiana Amariles?* — repetiu Agustín. — *Craaa!*

A carteira de F continuava vazia enquanto ela avançava pela lista. Quando a professora Alicia disse o nome de Felipe Arango, acrescentou:

— Felipe, ali tem um lugar vazio. Por que não se senta lá?

Entregou-lhe seu livro e sinalizou para a carteira onde F estava. Ainda que F não o tenha olhado diretamente, soube, pela maneira que ele caminhava, que Felipe não queria se sentar de novo perto dele. Assim que se sentou, deixou cair a mochila no meio dos dois, como uma barreira.

— F García? — perguntou a professora.

— *Craaaa! Craaa! F García? F García?*

— Presente — respondeu F, com voz baixa, levantando um pouco a mão.

— Fale mais alto, querido — pediu, sorrindo amavelmente para ele quando foi buscar o livro.

Durante esses poucos segundos que esteve de costas aos seus colegas, F sentiu que todos o olhavam fixamente, mas baixaram os olhos assim que ele voltou à sua carteira.

Sentou-se e abriu o livro.

— E por que você abre o livro se não sabe ler, Flor-de-maio? — perguntou Eliécer.

Ouviu-se uma gargalhada unânime.

— Não sabe ler, o coitado… — disse alguém.

— *Craaaa! Craaa! Não sabe leeeer* — papagaiou novamente Agustín.

— Chega! — gritou a professora, e todos pegaram seus guarda-chuvas.

F também tomou o seu, esperando um segundo golpe no chão.

Ninguém mais fez comentários sobre F, como se fosse uma criança invisível.

Para ele, era terrível estar na escola. As crianças o ignoravam, ficavam olhando-o escondidos atrás dos cadernos quando achavam que não percebia. A essa altura, todos já sabiam dele, e estava claro que as crianças o temiam, e ele mesmo era culpado por ficar inventando histórias. Certa vez, ouviu duas meninas dizerem que F era um menino-pomba e que, durante a noite, voava com seu tio sobre os telhados.

Quis dizer-lhes algo como: "Não se preocupem, não é verdade, tudo que lhes disse sobre meu tio é mentira!" Mas nem ele estava certo disso, não sabia muito bem quem seu tio era. Já conversava com ele, mas pouco, e acima de tudo, ele rosnava. Apesar de cozinhar para todos, comia sozinho no pombal. Fazia barulhos muito estranhos. F achava que talvez, sim, comesse micos crus e crianças desobedientes, e não queria que o avô nem ele o vissem. Queria dizer muitas coisas a essas meninas, explicar, mas explicar o quê? Preferiu não dizer nada.

Numa sexta-feira, quando acabaram as aulas, F saiu da escola e viu o avô em frente à entrada principal, ao lado de uma carroça de cavalos na qual levava seis das pombas que haviam viajado com F, cada uma em uma gaiola.

Iam treiná-las.

— E aí, como foi? De um a dez, o que está achando da escola? — perguntou depois de abraçá-lo.

F não sabia contar, mas o avô lhe ensinara que se mostrasse somente alguns dedos de uma mão, era ruim ou regular, mas se usasse todos os dedos de ambas as mãos, era bom ou excelente.

Mostrou-lhe os dedos das duas mãos, e a resposta o surpreendeu.

— Que bom! Esse é o tipo de notícia que gosto de ouvir. As pessoas se queixam muito de coisas que não valem a pena. Você deve ter muitos amigos, imagino. Você brinca? Dá risada? Pode-se ver que está feliz.

F fingiu um sorriso

— Isso mesmo, isso mesmo.

A carroça que os transportava estava coberta por uma estrutura metálica, e dentro havia assentos para quatro pessoas. Tinha quatro rodas e um cavalo coberto de plástico que a puxava com desânimo. Já passava do meio-dia e o calor era sufocante. F imaginou que o cavalo estava com sede. O condutor também tinha uma capa impermeável e um chapéu.

Quando chegaram ao Bosque Azul, local onde treinariam as pombas, o avô lhe contou que as havia trancado no pombal para fazerem a troca das penas e se acostumarem com os cuidados do lugar. Agora era necessário prepará-las em grupos; a casa do avô seria seu ninho principal. A ideia era se afastar da cidadezinha e ir soltando as pombas uma a uma.

— As pombas mensageiras não são lançadas e enviadas a qualquer destino — explicou o avô. — Foram criadas em dois pombais, o de Ramiro e aqui. E quando as soltamos em um lugar, vão direto ao outro.

O avô pegou Crispeta da gaiola e a lançou ao céu.

— Como assim? — perguntou, decepcionado. — Então quer dizer que as pombas não vão como os carteiros de casa em casa?

— Se quiser enviar uma carta para sua mãe, por exemplo — explicou o avô, com Chancleta nas mãos —, a ave voa até o pombal de Ramiro, que recebe sua pomba e entrega a mensagem que você enviou, e quando vier a resposta lá de Gansanares, ela voa ao pombal de Barbascal.

— Então as pombas têm dois donos, Seu Ramiro e você?

— Não, digamos que cuidamos e alimentamos todas nos dois pombais para criar o vínculo entre os dois ninhos. — Ele lançou a Escopeta. — Mas eu sei quais são as minhas, e Ramiro, as dele. Fique tranquilo, Alcahueta não vai ficar em Gansanares, se é o que teme. Ela saberá voltar. O treinamento é para isso.

— E se ela se perder?

— As pombas fazem uma viagem de ida e volta por dia, sem problema, mas há épocas em que algumas não voltam. Às vezes são caçadas ou devoradas por um gavião-real ou por um falcão-peregrino — elucidou o avô, sem muita tristeza, e tirou Piruleta da gaiola. — Em Barbascal, há algumas famílias que praticam a falcoaria, quer dizer, treinam aves de rapina como a águia-pesqueira, o falcão ou a coruja para que cacem e voltem sempre com a presa para seus donos. As presas são em geral peixes, tatus ou patos, que são vendidos no mercado para o consumo humano. — F se lembrou da feira na praça. — A questão é que, embora essas caçadas sejam permitidas apenas em duas épocas do ano, nós não podemos deixar de enviar o correio por medo de que sejam caçadas. As coisas são assim.

F não disse nada.

— São os riscos. Uma pomba perdida ou morta deve ser substituída rapidamente.

Depois, o avô lançou Pantaloneta, e F, Alcahueta.

Repetiram o procedimento com todas as pombas, as onze novas, nos dias seguintes: a cada dia, se afastavam mais, pois a ideia era que voltassem sempre ao pombal do avô. Findo o treinamento, colocaram-nas em gaiolas e as enviaram no Trem Amarelo para Gansanares. Lá, Seu Ramiro as receberia para treiná-las da mesma maneira. Finalmente, colocaria uma mensagem de teste e as deixaria livres.

Alguns dias depois, as onze pombas voltaram ao pombal em Barbascal. Alcahueta já estava pronta para levar as cartas aos pais de F, só faltava ele aprender a escrever.

OS LIVROS QUE O AVÔ LIA ERAM AMARELADOS, cheiravam a madeira velha e tinham anotações feitas com rabiscos minúsculos e pontudos que saíam de sua mão esquerda. Lia poemas e outros livros, de onde tirava mensagens para seus clientes sem imaginação.

— Muitos não sabem o que escrever além de se queixar da vida, então é preciso ajudá-los — contou a F. — Você precisa aprender rápido. Preciso da sua ajuda para escrever as cartas. Vou te ensinar.

Mas o avô nunca tinha tempo para ensinar-lhe a escrever. Agora que as pombas estavam treinadas, ele não fazia nada além de ficar sentado na sala lendo e fumando. Só saía de casa para ir à praça entregar mensagens e receber o pagamento por seus serviços prestados às pessoas que temiam se aproximar da casa do Homem-Pomba. A ansiedade consumia o menino por dentro. O avô não lhe ensinava a escrever; tio Eduardo, ainda menos, e a professora lhe pedia para fazer outras coisas. Queria enviar Alcahueta com sua primeira mensagem para os pais. Queria lhes contar como ia sua nova vida em Barbascal. Queria lhes dizer que tinham razão, que fazia muito calor, que o tio Eduardo era um rabugento, que o vô Enrique era um romântico que suspirava até quando tinha gripe. Queria lhes dizer que gostava daquela cidadezinha cheia de pássaros; que para onde quer que olhasse, havia aves de todos os tamanhos, que o céu estava repleto de cores e cantos, e o solo, de excrementos e penas. E, claro, queria responder às cartas que lhe enviavam a cada semana. Eles escreviam, sem falhar. Mas era o avô que respondia por F.

— O que você tanto lê?

— Estou selecionando os poemas mais belos. É preciso enviar mensagens que valham a pena, que as pessoas saibam que somos felizes em Barbascal, que estamos bem, que temos esperanças, apesar da guerra — respondeu. — As próximas mensagens, por exemplo, não serão as cartas das pessoas aqui de Barbascal, mas poemas.

— Você está louco, Enrique — soltou tio Eduardo, que nesse momento entrava com o café preto para o avô.

— Não estou, não. E faremos isso uma vez por mês. Amanhã, antes do meio-dia, com a ajuda de F, você vai colocar poemas nos tubos anelares das pombas e as enviará. São mais de duzentos poemas. Que maravilha!

Tio Eduardo soltou vários grunhidos.

— Não fique grunhindo, meu irmão, veja o lado bom das coisas. — E o tio grunhiu com mais vontade. — Ramiro já sabe o que fazer: entregará estes textos a soldados, viúvas e órfãos. Quero que a mensagem lhes dê força para resistir.

O tio franziu os lábios, F começou a desenhar.

Desenhava o avô lendo e fumando na biblioteca da sala; desenhava tio Eduardo quando o fitava com seus olhos vesgos e as pequenas e profundas rugas que rodeavam sua boca; desenhava Mãe Carmen na praça com sua galinha. Desenhava Turuleta, Cuchufleta e Morisqueta. Seus pais lhe enviavam mensagens de volta, que o avô lia em voz alta para todos. Logo começaram a responder da mesma forma que ele usava para comunicar-se com eles. Assim, desenhavam a si mesmos sorrindo; a mãe no hospital, com seu uniforme de enfermeira, e o pai em sua farmácia.

Porém, certo dia, F teve que parar de desenhar.

— Os gizes de cera são para os clientes — repreendeu tio Eduardo. — Aprenda a escrever, já está grandinho demais para ficar rabiscando. Além disso, você desenha muito mal.

•

SEMPRE QUE F IA E VOLTAVA DA ESCOLA, recolhia objetos abandonados que pudessem servir para enviar a seus pais. Um dado numa sarjeta, uma ameixa seca na rua, um botão apoiado na margem de um riacho, um seixo liso.

— O que é tudo isso? — perguntou o tio.

Na verdade, ele não pronunciou a frase; perguntou com o olhar, com sua testa enrugada.

— O que é toda esta tralha aqui? — Isso, sim, ele disse.

— Não é tralha — disse o avô. — É uma criança, tem fantasias, poucos brinquedos.

F estava sentado no chão, sobre as penas das pombas. Alcahueta estava sobre sua cabeça.

— Nem tralha, nem brinquedos — falou irritado. — É minha forma de escrever aos meus pais, já que não sei escrever. — Olhou para o avô. — E também não sei desenhar. — Olhou para o tio. — É minha tinta invisível.

O avô sorriu; o tio franziu o cenho. Cada um retomou o que estava fazendo sem dizer nada.

F se levantou bravo, e as pombas fizeram o mesmo. Alcahueta o seguiu.

Encontrar uma pena limpa e bonita em Barbascal não era fácil. Embora houvesse penas por todos os lados, eram tantas as camadas sobre o solo, que acabavam se sepultando entre elas. F esperava até que começassem a varrer as ruas — o que acontecia sete vezes por dia — para sair e ver o que encontrava. Não era o único que saía na hora da limpeza: também saíam famílias de artesãos que reciclavam as penas caídas das aves para fabricar tapetes, centros de mesa, separadores de livros e enfeites para decorar chapéus e guarda-chuvas. Com cuidado, procuravam também as penas mais suaves e finas dos pássaros jovens, para depois colocá-las nas almofadas, nas jaquetas e nos edredons, que enviavam a cidades onde fazia muito frio. Recolhiam as melhores penas, as mais suaves e coloridas, de modo que F tentava chegar antes, pois eles sempre levavam as melhores.

Em vez de uma pena, encontrou um ovo de tururim. Era lindo, rosa-vináceo. Não foi na rua, mas atrás da porta da escola. Em seguida, encontrou um papel de bala debaixo da carteira de um menino e o colocou contra a luz. Quem teria pisado nele?

Também encontrou uma coruja-de-crista. Na verdade, encontrou seu som. Mas como dar de presente a alguém o ulular de uma coruja?

Foi numa tarde que saiu para caminhar com o avô. Parou na estação de trem e ficou olhando uma enorme coruja-de-crista que estava parada na caixa-ninho sobre o galpão. Tinha dois olhos grandes e um rosto arrendondado que quase parecia humano.

— Veja aquilo — apontou o avô.

O avô inclinou a cabeça e disse o que acreditava que devia dizer:

— Coruja deriva de uma palavra grega... da palavra... — Tentou se lembrar, mas não conseguiu. — Que significa pranto e gemido.

F não olhava para o avô, estava hipnotizado com a coruja-de-crista, que também olhava para eles.

— A Mãe Carmen considera que ouvir o ulular de uma coruja-de-crista durante as horas do dia e ver uma, também de dia, é sinal de um enorme azar. Ela diz que a única forma de se livrar das influências negativas dessa ave é jogar sal grosso na entrada da casa para neutralizar a energia ruim. Ela também diz que ouvir seu lamento é sinal de tristeza, mas quando ela fica quieta, é sinal de prosperidade. Que é uma ave lúgubre, que simboliza a morte, a noite, o frio e a passividade. Mas não dê ouvidos à Mãe Carmen, F. A coruja é uma ave paciente e observadora. Acredito que, se ela pudesse, contaria muitas das histórias que observa lá do telhado.

Mas a coruja, assim como F, não sabia escrever. Como é que contaria histórias?

— Você deveria enviar isso a seus pais. — Não se referia à coruja, mas ao ulular. — Veja se consegue enviá-lo com Alcahueta mais para a frente.

F olhou para o avô como se ele estivesse louco.

— Mas como?

O avô tocou a cabeça com seu indicador.

— Memorize-o, e quando você aprender a escrever, o descreva.

O menino imaginou que o canto da coruja-de-crista passaria de sua mão às mãos de seus pais por meio de Alcahueta.

Naquela noite, enquanto jantavam, F viu que o avô pegou o saleiro e ficou observando a porta da casa. Depois, o soltou e exclamou *ora!*, e ficou olhando para uma pomba como se estivesse espantando um mal pressentimento.

Os objetos que F enviava não eram pesados, para que a pomba pudesse voar sem dificuldades: um seixo, um pedaço de favo de mel, a pena de um filhote de pomba, a folha de uma goiabeira, o fiapo que encontrou em seu umbigo em um domingo em que decidiu não tomar banho.

Uma vez, encontrou um medalhão em forma de coração enterrado no solo perto de sua casa. Estava arranhado e esmagado.

Depois, descobriu uma folha de louro na caixa do correio na entrada. A folha, seca e dura, parecia uma bolacha. Estendeu o braço e a fez girar entre os dedos.

Ao contrário dos demais objetos, não os enviou, pois achou que estavam em más condições, mas os guardou em sua mesinha de cabeceira. O medalhão ele pendurou na persiana da única janela de seu quarto.

Certa noite, abriu a gaveta da mesinha e, de seu interior, como se fosse um desfile, foram saindo as coisas mais impressionantes que seus pais haviam lhe enviado, também amarradas à patinha vermelha de Alcahueta: um chocolate embrulhado em papel dourado — só havia sobrado o embrulho —, uma foto dos três, uma mecha do cabelo preto da mãe e outra do bigode castanho do pai.

Esse era o segredo dos três, sua tinta invisível.

Contou ao avô que enviaria presentinhos a eles. O avô disse que era uma ideia muito boa, mas, na realidade, não lhe deu muita atenção. Talvez tenha sentido alívio porque F deixou de insistir nas aulas de escrita, ele sempre tão ocupado com seus livros. O menino queria que soubessem que já sabia sobre as aves, que as havia visto, que as conhecia um pouco e ali tinha a prova. O avô supervisionou a primeira vez que F enfiou no tubo as pequeninas penas. Mas depois não reparou mais.

4 Jacamim

Há aves que têm a missão de cuidar dos outros. O jacamim, ou corneteiro, por exemplo, quando sente que um predador está por perto, faz chamados com um som grave, forte e ressoante que é ouvido a grandes distâncias, razão pela qual é domesticado pelos humanos para servir de guardião. Quando canta, é preciso escutá-lo. A serpente é silenciosa porque não caminha, mas o jacamim é tão habilidoso em seu papel de cuidador, que é capaz de traduzir esse silêncio num chamado de alerta. A ele se atribui especialmente a capacidade de espantar e caçar serpentes.

F ESPERAVA QUE A COISA MELHORASSE NO RECREIO, que faltasse um jogador em algum time e o convidassem ou que alguém quisesse comer um pedaço de seu sanduíche de ovo, com um cheiro sempre tão bom, mas ele estava errado. Acabava comendo sempre sozinho em uma mesa, e os demais ficavam amontoados nas outras ou sob as árvores, só para não estar ao seu lado.

Ele os via comer, brincar, rir e, às vezes, chorar, quando Fernando, um menino grandalhão, roubava o lanche deles e lhes dava um empurrão. Felipe e Eliécer quase sempre ficavam sem comer por causa dele. E por mais que Eliécer se fizesse de valentão na sala, nunca enfrentava Fernando. Por sua vez, Fernando não se metia com F, o temido sobrinho do Homem-Pomba.

Felipe percebia que os meninos olhavam F com assombro, com medo, mas se fazia de desentendido. Inclusive, ele olhava para F de rabo de olho, e sua mochila continuava no meio dos dois. Até que um dia, indo para a biblioteca, Fernando, que descia a escada de dois em dois degraus, tropeçou acidentalmente em F e o lançou ao chão. Enquanto o ajudava a se levantar, olhou seu rosto e, sem querer, deixou escapar: Ai, o menino-pomba! Logo lhe deu uns tapinhas no ombro, como se quisesse tirar o pó, ajuntou o chapéu de F e o colocou com cuidado na cabeça dele. Desculpe, falou, e saiu disparado atrás de seus amigos. F soltou uma gargalhada, e Felipe também riu.

— Viu a cara dele? Ficou pálido — disse Felipe.

— Até os maiores temem você, até Fernando, que é o terror da escola — falou Eliécer, que havia visto tudo e se juntava à conversa.

Estavam conversando com ele? Eliécer e Felipe? Não podia acreditar, mas tentou disfarçar a emoção. Entraram juntos na biblioteca e sentaram-se à mesma mesa.

— Com certeza urinou nas calças — voltou a falar Eliécer, e começaram a rir tanto, que a professora precisou pedir que se acalmassem.

— Também poderíamos prendê-los e levá-los de almoço para seu tio. Boa ideia, né? — sugeriu Eliécer.

F aproveitaria para desmentir tudo, mas os dois o olhavam com uma emoção rara.

— Que inveja! Eu, na realidade, também queria ter um tio-pomba. Olha, ninguém se mete com você, te respeitam — falou Eliécer outra vez.

— Na verdade... — começou F.

— É a melhor coisa — interrompeu-o Eliécer. — Ele te defende dos inimigos, dos meninos que te tratam mal, sem sair de seu esconderijo.

Foi assim que a mentira aumentou. Naquela tarde, enquanto caminhavam de volta às suas casas, F descobriu que os três eram vizinhos. Felipe vivia três portas depois da casa do avô, e Eliécer, duas, na mesma calçada.

— O que seu tio fica fazendo lá dentro? — perguntou Felipe. — Ele deveria colocar a cabeça para fora da porta de vez em quando, eu acho, para saber como são as coisas aqui fora. Deve ficar muito entediado trancado aí.

— Como sabe que ele não gosta disso? — devolveu F.

— Como você se sentiria se ficasse um século trancado sem comer nada além de micos e crianças? Não gostaria de experimentar o arroz-doce que a Dona Tila vende na praça? É delicioso.

— Ele sai, é claro, quando a noite está escura. Quando não tem Lua — informou F, tentando dar um tom tenebroso à resposta. — Ele tem coisas para resolver fora, como encarregar-se das crianças más. Porém, não gosta que as pessoas o vejam.

— Quem já o viu diz que ele é muito feio e que é uma pomba gigante. Que os piolhos caminham por sua testa. Ele nunca acordou você à noite e tentou devorá-lo, F?

— Meu Deus, ele é meu tio, não me faria mal!

— Conte mais sobre ele. Como ele é? — pediu Eliécer.

F deu uma descrição aceitável do tio Eduardo. A julgar por seus passos, media uns 4,5 metros de altura; comia micos crus, como todo mundo sabia muito bem em Barbascal, e também todos os gatos que conseguia pegar.

— Mas não há gatos em Barbascal. Estão proibidos — interrompeu-o Felipe.

— Hummm — hesitou um momento, disso ele não sabia. — Não acreditem nisso, não faltam gatos que chegam a Barbascal atraídos pelo canto das aves, mas meu tio os caça, por isso vocês nunca os veem perambulando por aí. Ele não é tão ruim, protege os pássaros da cidade.

Contou que tinha uma barba de penas cinzas; que os dentes que lhe restavam estavam amarelos e podres; que tinha bico de pomba; que seus olhos estavam tortos, isso era verdade, e avermelhados, isso não era verdade; e que, na maior parte do tempo, arrulhava, pois não sabia o idioma dos humanos, o que tampouco era verdade.

— E anda assim. — F arrastou os pés lentamente pela grama.

Isso não era totalmente mentira, pois o tio tinha esse andar pausado para não acordar a Pomba 8 nem Nidia Amparo, a única pomba que não treinaram, pois seus olhos vesgos não lhe permitiam voar muito bem.

— Aprendi a língua das pombas para poder falar com ele — acrescentou.

— Não acredito! Não sabe ler nem escrever nosso idioma, mas sabe o das pombas. Isso é fenomenal, F! — Felipe, na verdade, o admirava e também admirava a história de seu tio. E acreditava em tudo o que F dizia.

— E de onde surgem tantas pombas?

— O tio Eduardo bota os ovos…

— Bota os ovos? Isso é ainda mais incrível! — exclamou Eliécer, com os olhos arregalados. — Nunca ouvi sobre um homem que bota ovos.

— Mas não é qualquer homem, Eliécer. Lembre-se de que é um homem-pomba. — O próprio F se surpreendia com o quanto era bom para inventar histórias. —Sim, ele bota ovos, e meu avô e eu nos encarregamos de chocá-los e de treinar as pombas para que levem cartas ao mundo todo.

— Acho que minha vó seria a mulher mais feliz do mundo se eu botasse ovos de pomba — acrescentou Eliécer quando viu a Mãe Carmen, na praça, rodeada por suas aves. — Até amanhã, Felipe. Até amanhã, Flor-de-maio — despediu-se fazendo uma reverência com o chapéu e ficou com a avó.

Felipe e F continuaram caminhando. Iam em silêncio, e F teve uma ideia:

— Se quiser, venha comigo e apresento a você meu tio.

Quando pronunciou tais palavras, soube que Felipe tinha medo, muito medo. Parou onde estava, apertando a boca. Mas logo o olhou e duvidou um minuto, e essa dúvida lhe causou pavor. Seu avô, e em especial o tio Eduardo, haviam--no proibido de levar gente para casa. Nem mesmo os clientes entravam. Do lado de fora, havia uma caixa de correio feita de latão, onde as pessoas depositavam suas cartas e os produtos como pagamento pelo envio. Ali também encontravam as cartas que lhes enviavam. E se fosse necessário falar com o avô, faziam-no fora da casa, depois de tocar um sininho de barro que ficava na entrada, ou então combinavam um encontro na rua, na estação de trem ou na praça.

Felipe não poderia aceitar seu convite por nada neste mundo.

Por sorte, não ficou remoendo isso por muito tempo. Talvez amasse mais sua cabeça do que a própria honra. F ficou aliviado quando viu que ele enrugou o nariz.

— Não, F. Vai que seu tio não goste de mim e me sirva como alimento para suas pombas, não é?

— É uma possibilidade enorme — disse F, enfatizando a palavra enorme.

— Melhor não. Mas quero deixar claro que não sinto medo, apenas respeito — soltou Felipe.

— Parece muito sensato — F suspirou.

No fundo, F sabia que Felipe não seria capaz nem de colocar o dedão do pé na porta da casa do avô. Os dois olharam o pombal e lhes pareceu que uma janela interna se fechava. *Zas!* Um movimento leve, quase invisível, e a casa continuou silenciosa.

Felipe achou que havia sido o tio, mas F sabia que não, que ele nunca se aproximava das janelas.

— Bom — acrescentou. — Tenho que ir. — E saiu correndo embaixo do guarda-chuva e com o chapéu firmemente encaixado.

F ficou na porta, triste por haver inventado tamanha história. Teve a oportunidade de desmentir tudo, e a única coisa que lhe transpirou foi aumentar os rumores sobre o tio. Nesse momento, o avô saiu, sorriu para ele, pôs o chapéu e foi em direção à praça, sem dizer nada.

Quando entrou na casa, tio Eduardo o esperava na sala de jantar com o almoço servido. A Pomba 8 e Nidia Amparo dormiam como sempre sobre seus ombros. F começou a comer, e o tio a encará-lo com seus olhos vesgos. As ruguinhas que rodeavam seus olhos estavam mais profundas.

— Seu avô já me contou que você tem amigos. Não importa quem seja, ninguém pode colocar o pé nesta casa, e espero não ficar sabendo que está fazendo comentários sobre como vivemos aqui — soltou.

Como ficara sabendo da conversa com Felipe? F estremeceu.

— Seus amiguinhos vão querer saber da nossa vida, mas você não deve contar nada sobre nada. E se não souber se comportar devidamente para viver nesta casa, arrume as suas malas e volte para Gansanares — concluiu tio Eduardo, maltratando bastante as palavras.

Em seguida, beliscou sua bochecha, mandou-o pegar o prato e ir terminar de comer na cozinha. A bochecha ardeu um pouquinho, mas isso não lhe importou. Estava contente porque tinha novos amigos.

Desde esse dia, nem Eliécer nem Felipe o desampararam, e Fernando não voltou a roubar seus lanches.

A IMAGEM MAIS TÍPICA DE UMA GRANJA é a de um galo sobre uma cerca de madeira com o pescoço erguido e o peito inflado cantando *cocoricó!* Em Barbascal, no entanto, os galos não viviam nas granjas, mas na cúpula da igreja. Eram sessenta, como os minutos de uma hora. Alguns estavam velhos, e isso se notava pelas crestas grandes e caídas e pelas esporas enormes. Apesar de sua idade, impunham autoridade.

Seu horário era quase perfeito, e por isso ganharam uma boa reputação entre os habitantes. Eram o despertador natural da cidadezinha, seu relógio. Cantavam alto e durante muito tempo, três vezes ao dia: antes do amanhecer, logo depois do nascer do sol e antes do anoitecer. O sacerdote, de bastante idade, lhes dava um tratamento especial e dizia que, de todas as aves, aquelas eram as enviadas por Deus, pois nos convidavam a aproveitar cada momento do dia.

Cocoricó!

F acordou assim que ouviu o cacarejar escandaloso dos galos da igreja. Depois de tomar o café da manhã e banhar-se, saiu para esperar Felipe e Eliécer. Iriam juntos à escola.

Como Eliécer não chegava, começaram a caminhar. Não queriam chegar atrasados à aula.

Não demorou, e o menino grandalhão se juntou a eles. Lançou seu braço gordo sobre os ombros de Felipe e se enfiou sob seu guarda-chuva.

— Olá, Eliécer — disse F.

— Flor-de-maio, como vai? — devolveu. — Quantos micos crus comeu ontem à noite.

— Uma dúzia — respondeu F.

Os três riram e caminharam sob os guarda-chuvas. Mesmo que ainda não fosse meio-dia, continuavam caindo penas das árvores e dos telhados.

— Bem, primo — falou Eliécer, marchando alegremente ao passo de Felipe —, vamos enfrentar outro ano de escola.

— Mas já começamos há várias semanas — devolveu Felipe. — Você fala como se fosse o primeiro dia de aula.

— Ah, cara, exatamente, cada dia é como o primeiro: entediante, muitíssimo entendiante! — acrescentou Eliécer, com um sorriso. — Podem até dizer que a professora Alicia é uma boa professora, mas não entendo nada do que ela diz.

E dava para saber por quê. Havia perdido o ano anterior e o repetia neste ano novamente.

— O ruim é que não dá para escolher — continuou Eliécer. — Nesta escola só tem uma professora e uma só turma. Não há o que fazer!

F ficou olhando o céu azul e as nuvens brancas, que não veria pelo resto do dia.

Felipe lhes demonstrou um assobio; estava tentando aprender o canto de um turpial.

— Não parece um turpial, mas um aracuã — disse Eliécer, e deram uma gargalhada.

— E você, F — continuou Eliécer —, já percebeu que ninguém se junta a nós na escola?

— Agora todos se comportam como se também tivéssemos A Maldição — disse Felipe.

Ao dizê-lo, se deu conta de que havia pisado na bola. Houve um momento incômodo de silêncio. Olhou para F.

— Tranquilo — falou F. — Eu já sabia.

— Sinto muito — devolveu Felipe, e arrumou os óculos, fechou o guarda-chuva, guardou-o na mochila, pôs o chapéu, as mãos no bolso e tentou imitar um tangará.

— O que não sabia é que chamavam isso de A Maldição — confessou F. — Achava que seria algo como A Peste da Pomba.

— A Maldição ou A Peste, que seja, dá no mesmo — interveio Eliécer.

Continuaram caminhando em silêncio. F ficou pensando que agora não se sentia mais triste porque os outros não falavam com ele. Na verdade, descobrir as aves, aprender o ofício do avô, ser amigo de Felipe e Eliécer e aprender a escrever deixavam sua cabeça muito ocupada.

— Ah, já sei — disse Eliécer ao primo. — Foi por isso que ficou amigo dele, não foi, Felipe? Você quer é conhecer em primeira mão a linguagem do Homem-Pomba... assim, como gosta de imitar outros pássaros. E também para que defendam você do Fernando, claro.

Felipe se sacudiu para tirar dos ombros a mão de Eliécer, que ainda o abraçava.

— Se é isso que acha, então não me conhece. Sou um amigo de verdade, não faço isso por interesse. Na realidade, quero saber como ele fala, mas não conhecê-lo. No primeiro dia, você disse, como todo mundo, que não seria amigo de F, e olha só!

— Você também disse — desafiou-o Eliécer, colocando também o chapéu.

— Não é verdade — defendeu-se Felipe. — Eu nem terminei a frase ainda. Por sua vez, você achava que era melhor estar perto de F por...

— Olha, não quis te irritar — interrompeu-o Eliécer;, que se manteve em silêncio por um momento e logo continuou. — Posso contar a notícia do emplumado de ontem à noite.

— Emplumado? O que é isso? — perguntou F, que havia se esquecido completamente dessa palavra.

—Jesus, Maria e José, você não sabe nada, Flor-de-maio? Já deveria estar por dentro disso, supostamente as notícias chegam primeiro em sua casa. Ah, claro, as más notícias não. Mas que outra coisa seria? Emplumaram o Sr. López.

— Qual Sr. López? — indagou Felipe. — Não conheço nenhuma família de sobrenome López em Barbascal.

— Mas claro que conhece, Felipe. Vivem lá, em um extremo do Bosque Azul. São fabricantes dos tampões de ouvido.

— Claro, os caçadores dos beija-flores! — exclamou Felipe e explicou para F, fazendo uma voz muito séria: — Existem uns pássaros pequenos chamados beija-flores, com penas tão coloridas que vão de azul-elétrico, amarelo-limão, verde-metálico, até esmeralda, e dão a eles aparência de fósforos com asas. São ágeis, capazes de bater as asas entre duzentas e trezentas vezes por segundo. Têm um bico compridíssimo que lhes facilita a extração do néctar das flores. Seus ninhos são muito pequenos, fabricados com fibras de algodão, teias de aranha e algas que crescem nos troncos das árvores. Disso se encarrega geração após geração da família López, que se aperfeiçoou em caçar os ninhos deles para fazer os tampões de ouvido que usamos na cidade. Os beija-flores não cantam, mas roncam quando dormem. — Tentou imitá-los, mas teve um ataque de tosse; arrumou os óculos, constrangido.

— Chega, chega, senhor cientista de pássaros. Chega de conversa fiada — interrompeu-o Eliécer. — A questão é que o Sr. López já está muito velho e doente, e seus sobrinhos, os responsáveis por subir nas árvores e encontrar os ninhos, foram levados da casa. Podem esquecer os tampões de ouvido.

— E o que aconteceu com ele? — perguntou Felipe, preocupado.

— No Sr. López... — respondeu Eliécer — ...passaram cola até nos olhos, e quase morreu. Levaram seus sobrinhos na madrugada. Quem sabe quem os emplumou!

— Quem foi? —perguntaram ao mesmo tempo Felipe e F.

— Bom, como parece que vocês não sabem de nada... — falou Eliécer, com sua mania desesperadora de explorar uma notícia.

F não gostava da tática morosa de Eliécer. Já percebera que sempre fazia isso. Felipe lhe disse:

— Ei, não me venha com essa agora.

— Vamos lá, Eliécer, conte de uma vez — instou-o F.

— Tá bom — murmurou Eliécer, e voltou a ficar quieto, como que considerando se devia ou não falar.

Chegaram à primeira encruzilhada e pegaram à esquerda, rumo à escola. Por fim, Eliécer falou:

— Tá bom, não foi nenhum acidente o Sr. López ter ficado todo colado. Uns soldados o besuntaram e colaram penas nele.

— Uns soldados?! — exclamou F, gaguejando e arregalando os olhos. — Quer dizer que colaram penas nele como se fosse uma ave? Isso é um emplumado? Pensei que fosse um tipo de pássaro.

— Mas por quê? — indagou Felipe.

Eliécer ergueu os ombros e continuou:

— Vou saber!? Dizem que porque não queria deixar seus sobrinhos irem para a guerra. O que sei é que encheram tanto ele de cola que quase o sufocaram.

— Como sabe disso? —perguntou F, desconcertado.

— Porque minha avó começou a falar com seu avô, e ela lhe contou tudo. Escutei porque eu estava com ela — relatou sorridente e satisfeito de si mesmo.

— Sério mesmo? — acentuou F.

— Sim, e deveria ter visto a cara do seu avô, parecia a morte! — concluiu Eliécer com voz muito baixa e olhando ao redor temerosamente.

Esperou um momento para que suas palavras surtissem um efeito aterrador, mas o efeito malogrou, porque Felipe voltou a perguntar:

— E como é a morte?

Eliécer ficou mortificado.

— Você não sabe de nada, primo?

— Me diga como é — insistiu Felipe.

— É como vemos os mortos quando vão ser enterrados — explicou como alguém que sabe de tudo.

— Ah! — exclamou Felipe. — Nunca vi um morto. Quando minha avó morreu, eu não havia nascido.

— Vou te contar, Flor-de-maio! Cara, às vezes não entendo como andamos com este aqui — comentou Eliécer com desgosto, sacudindo a cabeça e metendo-se sob o guarda-chuva de F, abraçando-o. — Você não conhece nada do mundo, Felipe. Nada.

A PROFESSORA NÃO FALOU DURANTE A AULA, nem seus louros. Todos na sala haviam escutado a história do emplumado. Murmuravam com medo, queriam falar do assunto, ver se ela sabia algo a mais. Quando Tatiana lhe perguntou o que era um emplumado, ela disse:

— Você fala tão baixo, querida. Da próxima vez, fale mais alto. Não ouço uma palavra que você diz. Ando mal dos ouvidos.

— *Craaaa! Ando mal dos ouvidos!* — repetiu Agustín.

— Dona Alicia — insistiu Alcides. — Queremos que nos conte a história do emplumado de ontem à noite.

— Ah! Querem ouvir uma história? Tudo bem, tudo bem. Por que não tive essa ideia? — respondeu, pegou o louro gordinho das vigas e o colocou sobre sua mesa.

O louro começou a contar a história de uma costureira que fazia vestidos com o nariz fino e comprido...

A professora ficou olhando pela janela, e todos olharam com cara feia para Alcides.

— Neste ritmo, nunca vou aprender a ler e escrever — reclamou F com Felipe.

— Ler e escrever é muito fácil. Eu te ensino — falou Felipe. — Você parece ser muito inteligente. Vai aprender mais rápido que todos nós juntos, escuta o que estou dizendo.

— Flor-de-maio — disse Eliécer, e lhe deu um tapinha nas costas —, na escola de Barbascal, ninguém aprende nada. Acostume-se.

Logo F descobriu que, na verdade, Felipe pouco sabia sobre ler e escrever, mas conhecia muito sobre pássaros: seus cantos, o que gostavam de comer, seus predadores e suas formas de reprodução. E por isso, tudo o que se relacionasse com o Homem-Pomba lhe interessava. Para ele, era uma ave rara. A casa do pombal lhe atraía como o leite aos gatos, mas não tão perto além da calçada da frente, a uma distância prudente da porta. Ali ficava, rodeando um desnutrido tronco de mamoeiro; enquanto as formigas caminhavam por seus braços, olhava F e lhe fazia perguntas.

Quanto mais escutava sobre tio Eduardo, mais queria saber sobre ele.

Indo para casa, F lhes contou sobre Alcahueta e por que tinha tanta vontade de aprender a escrever.

— Sim, você tem razão. Para que ter uma pomba mensageira se você não pode enviar cartas aos seus pais? — disse Felipe.

— Mas você só poderia contar coisas boas? — perguntou Eliécer embaixo de seu guarda-chuva. — Seu avô vai deixar você contar tudo que lhe aborrece ou entristece?

— Eu? Muito menos! — respondeu F.

Foi então que lhes contou uma mentira realmente estupenda:

— Em Gansanares, usamos tinta invisível, e eu escreverei com ela. Poderei contar tudo que quiser, bom ou ruim.

Felipe lhe questionou o que conseguiria com isso:

— Seja com tinta visível ou invisível, você não sabe escrever. E eles não poderão ler.

— A tinta invisível é mágica. Ela traduz os pensamentos para a linguagem humana. Já te mostro — contrapôs F.

Felipe arrumou os óculos e ficou em silêncio. Viram Mãe Carmen e Seu Héctor na praça. Eliécer correu até eles. Os dois meninos o seguiram.

F ficou vendo uns louros de cabeça azul que tagarelavam nas rachaduras de uma casa velha, os mutuns e papa-moscas-reais que flutuavam ao redor do parque e as garças-vaqueiras que cantavam sobre o lombo de uma vaca. Enquanto isso, três jacus-ciganos entraram na igreja. O sacerdote, com o incensário na mão, tentou tirá-los. Os três jacus saíram correndo, indignados, gritando estridentemente.

Mais longe, sobre um telhado, cantavam juntos cambacicas, pintarroxos e maria-mulatas.

Mãe Carmen estava rodeada por suas pombas e pelas quatro galinhas rechonchudas. F já reconhecia Maribelita. As outras se chamavam Alba, Doralba e Rosalba, contou-lhe Felipe, umas galinhas que havia conseguido como pagamento por seu trabalho. Maribelita era uma herança familiar, e havia rumores entre a população de que a ave já vivia havia várias décadas. A cadeira de balanço de vime estava embaixo das três embaúbas brancas.

Mãe Carmen falava com uma mulher que parecia preocupada, pois sua casa havia pegado fogo três vezes em questão de dois meses.

— Então as andorinhas não voltaram — disse Mãe Carmen, e meneou a cabeça de um lado para outro. — Não é um bom sinal que elas se esqueçam de seu ninho.

A mulher fez a bênção.

— Onde está a caixa-ninho? — perguntou a velha, mas a mulher não respondeu. — Lembre-se de que, se as andorinhas fizerem ninho sobre o telhado de sua casa, ela será devorada pelo fogo imediatamente, eu já havia advertido. Mude a caixa-ninho de lugar, para ver se regressam, coloque-a debaixo do beiral. Se não voltarem em três dias, coloque comida para as cegonhas. As cegonhas também são protetoras do lar em que se aninham, afastam os raios, os incêndios e outras desgraças — acrescentou e lhe entregou três ovos de cegonha amarrados com um cordão de piteira, para que pendurasse na porta de sua casa.

Da bolsa, tirou um osso, também de cegonha, para que a mulher guardasse embaixo do travesseiro durante algumas semanas. A mulher, como pagamento, lhe entregou uns bolos de milho quentinhos e saiu dali mais aliviada.

— Obrigado, senhora — disse Eliécer, que ficou com água na boca só com o cheiro dos bolos e os colocou em uma cesta em que havia ovos, frutas, linha, agulha, panelas e outros pagamentos do dia.

Felipe se despediu e foi com a mulher das gaiolas. Era Helena, sua mãe, sobrinha de Mãe Carmen. F já a havia visto lá do pombal.

Mãe Carmen ficou olhando para F e fez com a cabeça para que se aproximasse dela. Em seguida, estendeu a mão, e uma mariquita-riscadinha desceu para comer.

— Vejamos, menino... hum, seu tempo nesta cidadezinha não será nada fácil. Terá problemas. É possível que você os supere — falou e olhou-o nos olhos.

Ele viu que seus olhos eram cinza, como a cor das embaúbas. Por um momento, achou que sairiam formigas deles.

A mulher tirou de sua bolsa uma pena de um sabiá-de-óculos e a entregou para ele.

— Esta pena o protegerá. — Eliécer tirou outra pena do bolso da calça, e os dois as elevaram ao céu.

— Que o céu cuide de nós — disse a anciã.

— Que o céu cuide de nós — repetiram Eliécer e F.

— Não tenho como lhe pagar, senhora — informou F, envergonhado, e procurou algo em sua mochila.

Tirou um sanduíche de ovos, que não quis comer de manhã, e o colocou na cesta, ao lado de umas goiabas. Eliécer ficou com água na boca novamente.

Mãe Carmen sorriu e começou a cantar.

— Acho melhor irmos, Flor-de-maio. Que a minha avó cante é pior do que ela acabou de lhe dizer — resmungou Eliécer, e soltou uma gargalhada.

— E o que ela quis dizer? — perguntou F.

— Não faço ideia — respondeu, erguendo os ombros. — Mas minha vó nunca se engana. Ah, e não perca a pena!

Os dois meninos saíram da praça e pegaram o caminho rumo ao bosque, um caminho íngreme que Eliécer aparentemente conhecia muito bem, em busca de Felipe e do Hospital de Pássaros.

Lá, havia cinco mulheres: a mãe de Felipe, a veterinária Sandra e três assistentes. As mulheres e Felipe estavam com a boca coberta, usavam jalecos brancos e chapéus de abas muito amplas. Algumas aves descansavam em cabines, e as que estavam melhor de saúde voavam pelo edifício.

O alto edifício tinha gaiolas e viveiros para mais de 3 mil aves. Estavam separadas por espécie e doença, com salas especiais para as que esperavam atendimento ou se recuperavam de uma operação. Asas cortadas, patas quebradas, doenças dos olhos e intestinos eram algumas das enfermidades mais comuns tratadas ali.

F ficou vendo um quarto cheio de tucanos, avoantes e periquitos. Mais ao fundo, três pombas bem velhinhas, assoladas por tumores, cochilavam em suas cabines. Um martim-pescador havia conseguido desenganchar o fecho da gaiola e brincava no meio de um corredor.

— Quieto, querido — ordenou Helena à ave, a pegou e a devolveu à gaiola. — Você ainda não está totalmente bem.

Depois de algumas horas de trabalho no hospital, Felipe, Helena e Sandra disseram que estava na hora de irem ao bosque. Eliécer e F os acompanharam. A missão daquela tarde era procurar canários. Tiraram os jalecos brancos e vestiram umas roupas e botas de plástico que pareciam ser de astronautas. Emprestaram roupas e botas a F e Eliécer. Por cima, colocaram cintos com gaiolas e, obviamente, puseram os chapéus.

Caminhavam lentamente pelo bosque. Com um rastelo, varriam o solo para evitar esmagar algum pássaro muito ferido que estivesse abaixo das capas de penas e folhas.

F observou as árvores.

— São muitas aves — disse ele. — E está frio.

— São as mesmas aves que vêm e vão — explicou Helena. — Aqui elas têm alimento e local para dormir. Juancojo é um bosque tropical chuvoso, e encontram tanta comida lá em cima — sinalizou as copas das árvores —, que alguns animais nunca descem para explorar o solo. O frio faz com que as aves permaneçam quietas pela manhã, esperando que o Sol alcance o ponto mais alto, daí voam a Barbascal em busca de um pouco de calor.

— Este bosque é importante para as aves, mas elas também são importantes para ele — acrescentou Sandra. — Elas comem frutas e transportam as sementes para que novas plantas cresçam. Isso permite que o bosque sobreviva.

F sentiu estar em uma aula de biologia. Gostou disso.

— Sim — interveio Felipe, arrumando os óculos e adotando um tom muito sério. — Os bosques tropicais chuvosos são importantes para as aves pois lhes dão um lar durante o inverno e um destino às aves migratórias. — F arregalou os olhos. Felipe falava como um perfeito cientista. — De fato, em torno de 27% das espécies de aves do mundo vivem nos bosques tropicais chuvosos.

Helena olhou seu filho com um sorriso, orgulhosa.

F não entendeu o que o número significava, mas lhe pareceu muita coisa.

— Mas o maior grupo de animais que habitam estes bosques é o de insetos, como os mosquitos ameaçadores, os que se camuflam de graveto e as colônias gigantes de formigas — informou Helena. — Contam que há muito tempo, quando não havia tantos pássaros neste bosque, as borboletas-azuis eram suas maiores habitantes. Diziam também que voavam ao meio-dia para o outro bosque, o que fica do outro lado da cidade, para se esquentar. Por isso se chama Bosque Azul. Só que essas borboletas foram completamente extintas...

— O Bosque Azul é o que fica perto da nossa casa — explicou Eliécer.

F não disse nada, porque o conhecia. Já havia estado lá com o avô para treinar as pombas mensageiras.

Caminharam perto de uma lagoa e viram aves aquáticas migratórias: maçaricos-das-rochas, cegonhas, flamingos e patos.

— Estamos procurando só canários? — perguntou F.

— Especialmente — respondeu Sandra. — Mas se você vir alguma ave que precise de atenção, certamente a levaremos.

Havia algumas semanas, os mineiros de Gansanares, que trabalhavam em minas profundas sob a terra, chegaram a Barbascal para levar todos os canários que encontravam. Necessitavam saber quando uma galeria era ou não habitável. Para isso, colocavam os canários em gaiolas e os levavam às profundezas de suas minas para saber quando as quantidades de oxigênio e de qualquer outro poluente eram baixas ou altas demais, respectivamente, de modo que não permitissem a vida naquela área.

— Por que os canários? — perguntou F à veterinária.

— Os canários são muito sensíveis ao metano e ao monóxido de carbono — explicou ela. — Tentaram usar outros animais algumas vezes, mas nenhum tinha a habilidade dos canários para detectar tais gases.

— Não vai ficar imaginando — interveio Helena — que o canário diz aos mineiros "Ei, vocês, desocupem a área porque não há oxigênio!" Se o canário canta lá no meio do buraco, significa que não há nenhum perigo, mas se ele deixa de cantar, dá sinais de envenenamento ou perde a consciência, quer dizer que é preciso evacuar a área imediatamente.

— Barbascal está ficando sem canários — disse Sandra. — Ficamos de olho para que os mineiros não voltem para cá. Precisamos pegar os canários que restam para protegê-los e procurar novas crias. Instalamos um barracão ao lado da minha casa para cuidar deles.

Depois de um dia cheio, voltaram ao hospital com trinta canários, que Sandra logo levaria até sua casa. Descansaram um pouco. No telhado, os pássaros se reabasteciam nos comedouros com água misturada com medicamento e grãos, antes de baterem as asas e voltar a incursionar no caótico céu de Barbascal e do Bosque de Juancojo.

— Este bosque deveria ter um nome mais bonito — opinou F. — Como Bosque dos Cantos, dos Bicos ou das Penas.

Helena sorriu.

— Neste bosque não entra muita gente, acho que já percebeu — explicou a mãe de Felipe. — Cheira mal, é escorregadio e barulhento... Dizem que, certa vez, um homem chamado Juan entrou para roubar pássaros exóticos, mas caiu num buraco que estava coberto por penas e folhas. Por sorte, ele só machucou um pé. Mas desde então, as pessoas têm medo de andar por estes caminhos. Os rastelos que usamos também servem para isso, para detectar algum abismo. Poucas pessoas em Barbascal sabem se locomover neste lugar como nós.

Naquele momento, um urubu-rei, que Helena foi soltar lá em cima, caminhou até a beira do parapeito e abriu as asas para que se enchessem de vento. Ficou assim um bom tempo, sem se atrever a voar. Olhava para Helena com uma cara de interrogação. Ela lhe fazia sinais tímidos para que voasse, mas a ave não se decidia. Voltou até ela, que lhe acariciou a cabeça. Depois, regressou à beirada do terraço, abriu as asas mais uma vez, girou para se despedir e lançou-se ao vazio, que o sustentou e o elevou para ainda mais alto. Ficou dando voltas até que Helena entrou no hospital.

— É tão relaxante vê-los! — confessou Sandra.

Para ela, os pássaros também eram um tipo de remédio.

•

Mãe Carmen andou cerca de três horas antes de entrar numa trilhazinha que levava a uma clareira. Lá, viu uma pequena casa; amarelo parecia ser a cor da tinta quase totalmente apagada. A porta principal rangeu, mas ninguém apareceu. Então, chamou:

— Bom dia, Sra. López. É a Carmen.

A porta se abriu, e saiu uma mulher de idade avançada, magra e banguela. Não tinha cabelo, mas, no lugar, tinha penas de alcaravão. Mancava um pouco ao caminhar. Ainda assim, sorriu e disse:

— Como a senhora é boa! Vir até aqui, tão longe! Eu disse ao Pedro: quem viria socorrer uns velhos como nós?! Quem viria aqui nos ver?! Não temos mais tampões de ouvido, não somos úteis para mais ninguém. — Convidou-a para entrar e ficou olhando a bolsa na qual sempre levava a galinha. — Se bem que não quero nem imaginar o que a senhora poderá me dizer. Seus presságios são sempre tão... — Não conseguiu terminar a frase.

Mãe Carmen sorriu com tristeza e acariciou a cabeça de Maribelita. A galinha não tinha nada para lhe dizer. Já havia visto um pica-pau bicando perto da casa dos López, um sinal inequívoco. O interior estava escuro, iluminado apenas pela fraca faixa de luz cinzenta que entrava pela porta entreaberta. Mãe Carmen segurava uma vasilha de leite e também manteiga, carne fresca, tomates e ervilhas. A senhora recebeu os obséquios com as mãos tremendo de emoção. Depois de guardar tudo na despensa, puxou da escuridão uma cadeira para que Mãe Carmen se sentasse e logo se dirigiu ao canto mais escuro do cômodo, onde não era possível vê-la, mas sim escutá-la.

— Pedro, sabe quem veio nos visitar?

Não houve uma resposta inteligível, só um ruído gutural, mas ela acrescentou:

— A Sra. Carmen, a Mãe Carmen — corrigiu-se. — O que me diz? Ela trouxe comida e, quem sabe, boas notícias. — Tentou sorrir.

Saiu do canto, pegou uma vela e foi procurar os fósforos na mesa.

— Ele não consegue falar. Ficou muito mal depois da emplumada.

A Sra. López acendeu a vela e voltou ao canto. Havia ali um vulto silencioso que olhava a visitante com olhos fulgurantes. Não dava para ver seu nariz; em seu rosto, sobressaía um bico de ave, a cabeça e o corpo cobertos de penas.

De uma mesa próxima, pegou um lençol, explicando:

— Tenho que cobri-lo, por mais que não suporte que qualquer coisa o toque, mas é para não se infectar. Consegui arrancar algumas penas, mas como a cola seca imediatamente e é muito forte, arrancar uma pena significa uma ferida terrível — disse a Sra. López.

Mãe Carmen lhes falou suavemente, contando coisas da cidadezinha, das boas colheitas. Disse que não se lembrava de haver visto em toda sua vida o Trem Amarelo partir tão cheio de tomates vermelhos e suculentos. Conversava com eles como se o Sr. Pedro e sua esposa estivessem tão bem quanto ela.

— Preciso ir — avisou Mãe Carmen antes de que a tarde caísse. — Para uma velha gorda e doente como eu, o caminho é mais longo, sem dúvida alguma.

Levantou-se, pôs o chapéu e ficou olhando a velha nos olhos, mas sem dizer nada. Não queria ser como um pica-pau naquele dia. Não queria mais abrir buracos no peito. Isso lhe haviam ensinado as aves, não podia mudar o destino.

Segunda parte

[Um trem com homens verdes, um bosque com borboletas azuis, A Guerra Velha e a Guerra… nova?]

A borboleta

A última, precisamente, a última.
De um amarelo tão brilhante.
Talvez se as lágrimas do sol
tocassem a pedra branca…
Tão, tão amarela.
Voava, movia-se ligeiramente ao alto.
Foi-se, com certeza queria dar ao mundo
um beijo de despedida.

Faz sete semanas que vivo aqui
preso neste gueto.
Mas encontrei meu povo aqui,
as florzinhas e o branco ramo
do castanheiro do pátio me chamam.
Não vi mais borboletas.
Aquela foi a última.
As borboletas não vivem aqui,
no gueto.

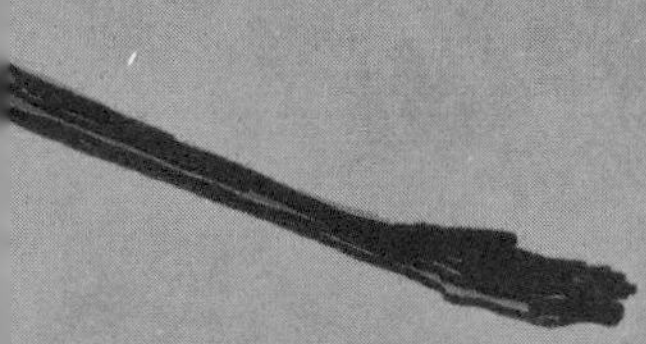

Poema de Pavel Friedmann (Checoslováquia, 1921), deportado ao Gueto de Terezin em 28 de abril de 1942. Este poema foi incluído em coleções de literatura das crianças que sofreram o Holocausto.

5

Urubu

O urubu come cadáveres, mas também se alimenta de ovos e animais recém-nascidos. Em lugares habitados por humanos, come nos lixões, como as moscas. Encontra seu alimento, pois tem uma visão muito boa. Não tem siringe, o órgão vocal das aves, então os únicos sons que pode produzir são grunhidos ou chiados (como tio Eduardo). Põe seus ovos em tocas, árvores ocas ou simplesmente no chão.

Poucos dias depois, como todos os meses, o avô foi à estação de trem esperar os pacotes de comida que Seu Ramiro enviava para as pombas. Sentou-se em um banco sob seu guarda-chuva e, quando os galos da igreja cantaram, pensou que o trem estava demorando demais, umas duas horas de atraso.

Fazia calor, abriu os primeiros botões da camisa, tirou do bolso um lenço, secou o rosto e pensou que talvez o mundo estivesse ardendo em chamas. Olhou o céu escuro, cheio de aves, e por cima dos telhados das casas, viu também a lenta, silenciosa e pequena mancha de suas pombas com mensagens nos pezinhos regressando ao pombal.

Muito bem, meninas, pensou.

Olhou de soslaio para Mãe Carmen, que estava na estação lendo a sorte dos viajantes que esperavam o trem.

— Você terá sorte se vir um trogoniforme — disse a um homem —, contanto que não esteja ferido ou com uma asa machucada. Se vir um voando, faça um desejo e será atendido — o homem lhe deu um litro de leite como pagamento.

— Tenho trogoniformes na caixa-ninho de minha casa — informou outro homem, um tanto preocupado, a Mãe Carmen. — E as coisas não estão indo muito bem para mim.

— Precisa garantir que ponham seus ovos na caixa-ninho — orientou ela. — Isso trará sorte à sua família, mas se alguém os estiver roubando, terá consequências horríveis. Talvez seja isso: alguém está roubando os ovos de seus trogoniformes — acrescentou, e ergueu a mão ao céu.

Várias aves voaram em círculo, até que, sobre a mão da idosa, pousou um saci.

— Vamos, amiguinho, cante — disse à ave enquanto a olhava nos olhos. — Diga o que nos espera.

Para a anciã, o número de assobios do saci era importante. Ímpar significava que tudo ficaria bem; par era um mau sinal.

O saci cantou duas vezes.

— Santo céu! Está para acontecer um desastre — gritou Mãe Carmen, e benzeu-se. — Precisam acreditar em mim, os sacis nunca se enganam.

O avô torceu a boca enquanto secava o suor e a olhou de canto de olho.

— Vão para suas casas enquanto podem — acrescentou a senhora. — Ou saiam da cidade. — E foi embora.

Naquele momento, um trem apitou, mas o avô não o ouviu. Viu-o entrar na estação. O que, sim, ouviu foi a granizada de ciscos contra as lâminas de zinco oxidado de um velho armazém ali perto. Durante muito tempo, havia visto passar os quatro vagões deteriorados de um amarelo descolorido; não se lembrava de ninguém que tivesse descido deles para ficar, pelo menos nos últimos anos. Aquela tarde foi diferente. Sentiu-se imediatamente invadido por uma sensação de pânico. Ficou vendo passar, com as mãos suarentas, agora de medo, um trem cheio de soldados.

Começou a ver que o rosto de cada um dos habitantes da cidadezinha trocava olhares de espanto e apertava a si mesmo sem perceber, como numa tentativa de se proteger. Vários chapéus caíram no chão, e ninguém voltou para pegá-los; os guarda-chuvas se emaranharam, e entre os puxões, alguns se desfizeram. Dos peitos agitados de todos, surgiu um murmúrio:

— Caralho, voltaram!

O avô sentiu um arrepio em sua espinha dorsal e foi submergido por um turbilhão de vozes e rostos enlouquecidos. Viu num brilho a silhueta redonda de Mãe Carmen fugindo com a velocidade que suas pernas lhe permitiam, com a garrafa de leite apertada contra o peito.

As pessoas corriam em direções distintas, e alguns, como o avô, iam e voltavam ao mesmo lugar, ao mesmo banco. Sentou-se, tremendo. Não conseguiu se levantar e fugir. Permaneceu ali, paralisado, até que chegou o último vagão. Parecia que só de ter visto o trem passar havia viajado a outro tempo, à época da Guerra Velha e da morte das borboletas azuis.

— *Caralho, voltaram!* — repetiu. — Tantos anos, e a guerra não se esqueceu do caminho.

Eram homens com farda camuflada.

Os primeiros, uns oitenta, desceram rápido do trem e se abrigaram em diversos lugares, apontando seus fuzis, enquanto os demais desciam devagar. Escoltados por seus companheiros, o resto do exército desfilava lentamente pela estação; os homens caminhavam encolhidos, carregando barracas e provisões suficientes para se estabelecer em Barbascal.

O avô, sentado no banco, ficou olhando com atenção para os últimos a descer. Foram até ele, e bem nesse momento, um grito, uma ordem, os sacudiu: correram até a voz. O último, de rosto taciturno e olhos vermelhos, como se tivesse chorado, parou por um segundo e, no mesmo instante, virou-se para olhá-lo, como se quisesse lhe dizer alguma coisa ou como se o conhecesse, mas não disse nem uma palavra. Era bem novo e esquálido, parecia um pernilongo. *Meu Deus, poderia ser meu neto!* Pensou ingenuamente que deveria lhe dar as boas-vindas ou dizer algumas palavras de ânimo. Quando tentou abrir a boca, o rapaz já estava correndo, limpando os olhos.

O Trem Amarelo chegou às 18h30, assim que os galos da igreja cantaram pela terceira vez no dia. O avô se afastou da estação com a comida das pombas. Caminhou sem olhar para os fardados que compartilhavam de seu caminho. Iam ao seu lado rumo ao Bosque Azul. Entrou em casa.

— Por que demorou tanto, Enrique? — perguntou tio Eduardo. — Aconteceu alguma coisa? As pombas chegaram há horas e estão com fome.

O avô ficou em pé junto à porta, angustiado, mas ainda não havia dado nem um passo quando percebeu que não poderia contar o que estava acontecendo. Estava com aquilo preso na garganta.

— Não, não aconteceu nada. Por que sempre acha que aconteceu algo de errado? O trem atrasou mais do que o normal. Nada além disso.

Tio Eduardo e F ficaram olhando para ele. Seu nervosismo era evidente.

— Não disse que aconteceu algo ruim. Nem bom, só perguntei se aconteceu alguma coisa.

— Mas você é o Homem-Pomba e supostamente não se importa com o que acontece em Barbascal — soltou o avô num tom sarcástico. — Não é de se supor que você não se aproxima da janela porque há muito tempo deixou de se importar com esta cidade? Pois, na realidade, não está acontecendo nada de ruim, Eduardo, sempre há boas notícias para contar. Ou não é uma boa notícia que temos comida para as pombas? Milho da melhor qualidade. Deixemos que elas comam e vamos comer também. Estou ficando com fome. O que fez para hoje? — acrescentou, e regou o solo com um pouco de milho.

Ruu, ruu!, fizeram as pombas que desceram dos móveis para brigar pelos grãos espalhados pelo chão. O avô parou em frente a uma janela.

Tio Eduardo serviu a comida.

Quando o avô voltou à cozinha, havia se esquecido da fome; olhou para a sala de jantar e viu, junto ao rádio que não funcionava, Tio Eduardo, que o olhava sem piedade, com uma expressão horrível de cachorro ansioso balançando o rabo. Definitivamente, o tio queria averiguar o que estava acontecendo. O avô saiu da cozinha, o tio se levantou e o seguiu; sinalizou a F que ficasse sentado, mas ele também foi atrás e ficou escondido, observando-os. O avô se sentou em uma cadeira dura e reta, sem virar a almofada, e ali permaneceu por um bom tempo sem dizer nada. Em seguida, pegou uma pomba que estava no chão e a colocou sobre as pernas. Acariciou-a, como se fosse um gato, *ruu, ruuu!* Até que tio Eduardo disse:

— Não foi o Trem Amarelo que apitou hoje à tarde.

O avô se sentiu mal. Tinha muita dificuldade em contar más notícias. Ficava angustiado ao olhar seu irmão nos olhos, não sabia como ele reagiria.

— Não era o mesmo? — indagou o avô, e sentiu um leve calafrio. Tentou se balançar, mas não estava numa cadeira de balanço. — Vai ver mudou de apito. Sei lá...

Ruu, ruu!

— Mas o segundo trem, sim, era o amarelo — continuou o tio.

O avô estremeceu. Sentia-se desconfortável, encurralado, e novamente sentiu o pânico daquela tarde. Arriscou-se a encarar seu irmão e sentiu as orelhas queimar. O calor não dava trégua. Pegou a pomba e a lançou ao ar. Ela se aninhou em um armário.

— Bem, sim... chegou um trem...

— E... — o tio o encorajou a continuar.

— Um trem com um exército — disse por fim, buscando se levantar, dar espontaneidade aos seus movimentos, minimizar o que acabara de dizer.

Nesse instante, F saiu de seu esconderijo.

— O que um exército está fazendo aqui, vô? — perguntou. — Enviaram-me para Barbascal porque era um lugar seguro.

— Não se preocupe, F — tranquilizou-o o avô, desconcertado quando o viu aparecer.

Fazia calor, um calor seco e plano. O avô suava, tirou o chapéu, abanou-se com ele e o pôs de novo.

— Não há nada que temer. Veja, estão de passagem, com certeza ficarão poucos dias. O Bosque Azul é um local adequado para acampar. Além disso, se conecta com vários caminhos. Por aquele lado do bosque, podem sair para outros povoados.

Chegou a sentir o olhar severo de seu irmão.

— Você tem é que fechar a boca, Enrique — impôs o tio, e virou-se furioso em sua direção.

F sempre o havia visto com o cenho franzido, com cara de quem ia espirrar, mas nunca tão alterado.

— Nenhum exército traz coisas boas, você deveria saber. Se você tivesse deixado que lêssemos as notícias que as pessoas enviavam de fora, talvez teríamos ficado sabendo a tempo que estavam vindo para cá ou que estavam perto. Se você tivesse deixado que as pessoas escrevessem o que quisessem e recebessem também suas mensagens, sem censura, teríamos descoberto a tempo. Mas não, o senhor romântico, que acredita que está tudo bem, decidiu destruir as más notícias que chegavam de longe. E agora, Senhor Boas Notícias, o que vamos fazer?

— Nenhuma mensagem dizia que estavam vindo para cá — defendeu-se o avô.

— É claro, quem iria contar, se você destruiria a mensagem de qualquer maneira?

O avô se inclinou, voltou a pegar uma pomba do chão e começou a tirar o esterco das patas dela. Seus dedos tremiam. Lançou a pomba ao ar, e ela foi se deitar em cima de uns livros. E ele decidiu falar:

— Vocês não entendem. Ninguém entende! — gritou. — Fiz tudo isso para proteger vocês da dor. Vocês e o povo de Barbascal. Não fui eu que, a caminho da escola, fui detido à força por um grupo de soldados, recebi uma farda e uma arma e fui levado embora. Não, eu não destruí borboletas azuis, não fui à guerra como você, Eduardo, mas também a vivi. Vi nossos pais chorando quando você partiu com o pelotão. Vi, escondido entre as árvores, quando obrigaram você a entrar na fila para pegar na Grande Gaiola as borboletas azuis e arrancar suas asas. Vi você chorar por várias noites dizendo que os estavam treinando para coisas terríveis, que a vida lhe causava dor. Dizia que não apenas arrancavam as asas das borboletas, mas que também arrancavam as asas de gente inocente, que destruíam seus corpos e suas ilusões. Que é a isso que se referiam quando lhes gritavam "Cortem suas asas!" Para deixá-los quebrados, sem filhos, sem pais, sem vontade de viver.

Tio Eduardo estava mudo, os olhos cristalizados, os grunhidos engasgados. As pombas em seu ombro olhavam para ele.

F também ficou quieto; o tio havia sido parte de alguma tropa?

O avô continuou:

— Vi você chorar e também chorei quando marcaram você por ser o único dos meninos recrutados em Barbascal que sobreviveu. Chorei e continuo chorando, pois ficamos sem borboletas azuis, e em vez de grama, havia asas espalhadas pelas ruas, pelo bosque. Caminhar sobre elas, ou sobre o que restava delas, era de cortar o coração.

O silêncio se fez ainda mais pesado.

— Não gosto de chorar nem de que alguém chore — acrescentou o avô.

F não tirava o olho deles, mas nem notavam sua presença. O avô, sempre sorridente e otimista, estava agora ofuscado. Ou melhor, triste.

— O que você está dizendo? — indagou tio Eduardo, confuso. — Acha que é bom viver em outra realidade, fugir dela?

O avô não disse nada.

— Sim, sou o ruim, o malvado... e por isso me condenaram a ser o Homem-Pomba, a ficar engaiolado, a não poder estar perto de ninguém por medo de que eu os machuque. Fui posto de lado por ser o único soldado sobrevivente da Guerra Velha nesta cidadezinha. Sim, é isso, devo me desculpar por estar vivo... Então é isso o que deveria dizer neste momento, gritar: Perdão por ter sobrevivido! Ah, mas se esquecem de que eu era apenas uma criança. Que me obrigaram a lutar uma guerra que não era minha. Esquecem disso? Uma guerra que nós, as crianças, não entendíamos. O que você entende de sofrimento, Enrique? Casou, teve um filho e agora um neto. Fui eu o condenado à solidão; fui eu que tive que ir à guerra. E não queria... — disse, e se apoiou em uma parede, cansado de tanto falar, ou de tanta dor.

Ruu, ruu!

— Eu não destruo as más notícias e as troco por boas ou por piadas ou poemas para mudar a realidade — defendeu-se por fim o avô. — Sei que estamos em guerra, que o mundo sofre, mas quero ter esperança. — Tirou do bolso dois tubos anelares com os quais mostrava aos clientes que uma má notícia pesava e os colocou sobre a estante. F os olhava. — Você não foi culpado de nada e preferiu envelhecer enfiado num pombal, aceitando uma condenação que não merecia. Ninguém merece algo assim...

— Você não sabe de nada... — murmurou o tio, decidido a não falar.

O avô tampouco disse qualquer outra coisa.

F descobrira o mistério de tio Eduardo. Havia sido soldado. E soube que havia outras maneiras de converter as pessoas em fantasmas sem a necessidade de acorrentá-las. Que havia outras maneiras de converter as pessoas em homens-pombos, engaiolados em seu próprio pombal.

— F, você não sairá de casa nos próximos dias — falou por fim o avô. — Primeiro precisamos saber o que vai acontecer. Não quero que a história se repita.

O menino não disse nada; sentiu medo. Olhou tio Eduardo e pensou que não queria ser como ele, uma criança-pomba, fechada em sua própria casa.

•

O AVÔ E F VIRAM MUITOS HOMENS. Não sabiam quantos, mas lá do pombal, viam barracas de acampamento e fogo no Bosque Azul, que parecia estar se mexendo. A tropa cavava buracos enormes e derrubava árvores. F permaneceu de pé ao lado da janela contemplando a multidão de soldados que passavam também pela rua. Todos usavam uma farda com a cor da sopa de que ele menos gostava, a de ervilha. Era também a cor de seu guarda-chuva. Ele os havia visto antes em Gansanares. Eram Os Pantaneiros, uns soldados que usavam botas de borracha e que enfrentavam outros homens verdes chamados Os Guaxinins, pois sempre usavam balaclavas que lhes cobriam totalmente a cabeça e deixavam à mostra somente os olhos, contornados de preto. Ele sabia que ambos os exércitos haviam destruído a cidade e a haviam enchido de moscas.

— O que fazem aqui? — perguntou F. — Por que vieram? — repetiu num fiozinho de voz, pensando em voz alta.

O avô olhou para ele e acendeu um cigarro enquanto viam passar os homens que iam rumo ao Bosque Azul.

— Que pena não haver outro caminho — murmurou o avô. — Precisam passar justo em frente à nossa casa! — E ficou olhando o bosque por vários minutos.

Por sorte, ninguém podia acampar no Bosque de Juancojo, por ser muito chuvoso e úmido, caso contrário, estariam deixando os pássaros sem comida e sem lar com o tanto de árvores que cortariam.

O avô lhe contou uma história.

— Certa vez — começou com suas frases sempre pomposas, —, este bosque, o Bosque Azul, era cheio de borboletas azuis. Eram tão serenas quanto as ondas do mar. Eram as criaturas mais surpreendentes que você possa imaginar.

— Azuis? Só azuis? — indagou F. — Não tinha borboletas de outra cor? Amarelas, vermelhas...

— Não — interrompeu o avô, e soltou a fumaça do cigarro que estava em sua boca. — Só borboletas azuis. Eram milhões, e flutuavam sob o calor do Sol.

O menino se acomodou na cadeira, e o avô continuou:

— Seu tio e eu costumávamos nos sentar nos galhos da única ceiba do bosque esperando as borboletas que vinham de Juancojo. De repente, as víamos atravessar as casas e voar sobre os telhados até chegar ao bosque. Deslizavam pelas folhas das árvores como se estivessem dançando, como se estivessem nos cumprimentando.

— Mas como as borboletas sabiam que vocês estavam lá, vô? — questionou F. — Como conseguiam encontrá-los?

O avô sorriu.

— Bom, precisávamos ter uma maçã fermentada ou uma saborosa goiaba. E se as agradasse, voavam bem pertinho de você. Diziam oi para nós, tenho certeza.

Do nada, tio Eduardo, que estava em silêncio acariciando a Pomba 8, exclamou:

— Ah, vá! Elas não vinham por causa das suas maçãs fermentadas. As borboletas atravessavam o povoado na ida e na volta porque preferiam as clareiras ensolaradas deste bosque para se aquecer. O mesmo que fazem os pássaros agora com Barbascal.

— Sim — interrompeu o avô. — Voavam por cima da copa das árvores e das casas do povoado até chegar ao bosque. Lá, as borboletas permaneciam a maior parte do tempo no solo e nos arbustos baixos, com as asas fechadas. O nome desse lugar deve-se a elas: Bosque Azul.

F sorriu. O tio abaixou a cabeça.

— Outras entravam nas casas. Eu gostava disso. Quando não íamos ao bosque — continuou o avô, com nostalgia —, eu esperava que alguma aparecesse na minha janela. Quando pousava, eu nem respirava, para ela não fugir. Eu as achava as criaturas mais lindas. Elas me cumprimentavam no bosque ou vinham para casa. Tenho certeza disso.

— Que besteira está dizendo! — O tio levantou os olhos. — Você sempre foi muito piegas, desde pequeno. As borboletas serviam para escolher os soldados, para provar sua valentia.

Eram importantes para saber quem conseguiria lutar e quem ficaria com as pernas tremendo. Se for contar alguma coisa a F, conte a ele algo útil. Pare de lhe encher a cabeça com asneiras. Borboletas cumprimentando...

O avô continuou:

— As borboletas viviam aqui antes de a primeira guerra começar, a Guerra Velha, velha, como nós. Não havia tantos pássaros como agora, só alguns, bem poucos. Mas havia muitas borboletas. Naquele tempo, Eduardo tinha 13 anos, eu tinha 9, e o povo de Barbascal costumava dizer que as borboletas azuis eram mágicas...

O tio o interrompeu outra vez:

— Os meninos de Barbascal arrancavam as asas das borboletas diante dos superiores do exército para não serem executados por traição. Todos aqueles que estavam destinados a fazer parte dos pelotões, os meninos com mais de 12 anos, eram obrigados a isso, tinham que passar por essa prova — resmungou tio Eduardo. — Lembra? Os meninos iam por lá com as redes nas mãos. — Sinalizou com o indicador para o lugar onde recordava que as árvores ficavam. — E se enfiavam no Bosque Azul. Brincavam de caçar, de destruir, de desmantelar. Lembra do Simón, Enrique? O filho do padeiro. Falaram para ele: Arranca as asas dessa borboleta! E ele não quis, chorou, bateu o pé, urinou nas calças e gritou, morrendo de medo: Não quero cortar-lhes as asas! Não vimos mais o Simón no povoado.

Desapareceram com ele. Nem o Carlos. Lembra dele, o filho da professora? — Mas o avô não respondeu.

O tio abaixou a cabeça outra vez e ficou em silêncio olhando para as mãos. F percebeu que tremiam.

— As mãos… — Fez uma pausa e, sem deixar de olhar os dedos, as unhas e as palmas, o tio baixou a voz. — As mãos dos meninos ficavam azuis, porque depois da matança, o pó que saía das asas das borboletas impregnava os dedos durante muitos dias, mesmo se a gente as lavasse com água e sabão umas duzentas vezes. Acho que era como as borboletas repreendiam os soldados por sua morte injusta.

O avô olhava para o tio, desconcertado. Era a primeira vez que o ouvia falar da guerra e das borboletas azuis; que o ouvia falar tanto.

O tio continuou, e o avô o deixou seguir:

— Era isso que nos ensinavam naqueles anos horríveis — falou em um tom mais calmo. — A missão era apanhar borboletas azuis, vivas, para lhes arrancar as asas com um só puxão. Ah, aquela cor azul dos corpos presos! A primeira vez que você fazia isso, ficava uma semana sem dormir, mesmo que você fingisse ser o mais valente da tropa. Não era fácil arrancar a beleza e a vida de um bicho que não havia feito nada; pelo contrário, que embelezava o bosque. Depois, sem fingir, você conseguia destroçar umas trinta borboletas num segundo. Ah, a infância durante a guerra é uma tragédia! Não o ensine a sonhar, Enrique.

F achou que a voz de seu tio parecia opaca, terrosa.

— Estamos em guerra de novo, Eduardo, é verdade — falou o avô por fim. — Mas é preciso ter sonhos, esperanças. É preciso ser valente, sorrir. É a única coisa que nos ajuda a sobreviver. Você e eu tivemos esperanças... e sobrevivemos.

Ouviram-se seis disparos.

Primeiro três.

Em seguida dois.

Depois um.

O barulho vinha do Bosque Azul.

O avô parou de sorrir. Tragou seu cigarro.

— Estão caçando. — Quis se consolar. — Para comer.

Os três ficaram em silêncio. F estava com medo.

— Pelo amor de Deus, Enrique, sempre estaremos em guerra! E eu... — pausou enquanto tocava seu peito — não tenho esperanças — murmurou tio Eduardo, e, dando meia-volta, saiu do pombal.

Naquela noite, F sonhou com as borboletas. Em seus sonhos, ele as viu serenas como as ondas do mar, e mais azuis que o céu. Em seus sonhos, as viu voar e dançar. Em seus sonhos, uma delas pousou em sua mão. — Arranque as asas dessa borboleta! — alguém gritou no sonho.

A borboleta saiu voando.

F olhou para as mãos.

Suas mãos eram azuis.

O avô ouviu um grande alvoroço proveniente da porta de sua casa e desceu do pombal. Por uma fresta, viu cinco soldados conversando com outro que não tinha a orelha direita. Estava no centro do grupo e caminhava todo elegante com sua farda recém-passada. Fumava. Dava para ver que havia se penteado e colocado algo em seu cabelo grosso e branco para que o vento não o desarrumasse. O avô observava escondido e sentiu medo. Gostou menos do aspecto dos outros homens, pois pareciam disputar a atenção do homem sem orelha. O avô só entendeu algumas das frases que diziam.

— ...está claro, os números não mentem, estamos ficando sem soldados... — disse um deles.

— ...insisto que precisamos de mais gente, senhor — disse outro. — Imagine o que poderíamos fazer então.

— ...Sim, senhor — responderam a algo que o avô não ouviu.

Só ouviu as palavras *praça*, *domingo* e *animais*, só isso. Foram embora dali, e o homem sem orelha permaneceu junto à porta; pegou outro cigarro e leu em voz alta: *Correio de pombas. Avise a um ser querido que você está muito bem!* O avô ficou paralisado, quase sem se atrever a respirar, temendo ser descoberto. O homem deu uns três passos à frente, tentando ver o interior da casa pela janela. O avô retrocedeu ao ver sua figura aparecer. O homem era quase de sua idade, só que mais alto. Fumou de uma só vez o que restava do cigarro. Só por alguns segundos, o avô olhou para seu rosto, escondido atrás da persiana cinza, e logo baixou os olhos ao chão como se temesse ser transformado em pedra caso mirasse mais seus olhos.

A campainha soou. O avô sabia quem era. *O que nos espera, Deus?*, pensou, e abriu a porta.

— Boa tarde, senhor — falou o homem.

— Como vai? — devolveu o avô.

— Sou o comandante do exército que está se instalando em Barbascal.

O avô não disse nada.

— Somos Os Pantaneiros, e eu sou o Comandante Xicrinha — disse isso com uma gargalhada. — É que não tenho uma orelha, vê?

O avô não riu, e o homem ficou muito sério.

— Aqui funciona o correio de pombas mensageiras, verdade? — perguntou enquanto apontava a placa que ficava fora da casa.

— Isso mesmo.

— Deixe-me entender, e o que envia?

— A placa deixa isso claro — respondeu o avô, arrogante. — Boas notícias.

— Entendo. — O comandante acendeu outro cigarro. — Imagino que o senhor deve saber que em tempo de guerra não pode enviar mensagens assim sem mais nem menos. Está proibido.

O avô não respondeu.

— Então vocês só enviam boas notícias... — Tragou o cigarro e olhou para um grupo de soldados que vinha fazendo uma algazarra com suas fardas sujas, mas com chapéus elegantes decorados com penas; claramente, haviam saqueado as lojas.

O avô seguiu em silêncio.

— Então vocês só enviam boas notícias — repetiu o comandante, para retomar a conversa, caminhou dois passos e voltou. — Vejamos, isso quer dizer que nós não estamos aqui. — Deu uma piscadinha. — Certo?

O avô continuou sem dizer nada.

Xicrinha tragou o cigarro com força, inclinou o corpo para a frente, olhou o avô nos olhos e lhe disse, com as palavras envoltas em fumaça:

— E o senhor, com quem mora aqui?

— Só com minhas pombas — mentiu. — Sou viúvo, não tive filhos.

— Sei. — Olhou o interior da casa, que estava à meia-luz e bagunçada. — Quero que fique claro, senhor... como se chama?

— Enrique.

— Bem, o fato é que, Seu Enrique, o correio continuará funcionando, mas nenhuma carta sairá daqui sem que eu a leia. Veja se entende: será enviado o que eu disser. Que dias as pombas saem?

— Nas sextas. — Nesse momento, o avô se pegou decidindo que as enviaria apenas um dia por semana.

— A que horas?

— Ao meio-dia.

— Então eu virei às sextas-feiras sem falta — informou o comandante, e saiu sem se despedir.

O avô subiu devagar ao pombal, acendeu um cigarro e ficou olhando para o Bosque Azul. F e o tio Eduardo olharam para ele, em silêncio; estava nervoso. Nenhum dos dois perguntou sobre a visita do comandante. Haviam escutado tudo, cada um escondido num canto.

— O que está olhando, vô? — perguntou F.

— Estou pensando em uma gaiola. A Grande Gaiola.

O tio o olhou, mas ele permaneceu em silêncio enquanto colocava bacias com água e vinagre de maçã para que as pombas tomassem banho. Logo abriria os ninhos em turnos para que dessem um bom mergulho.

F continuou olhando para o avô, e cresceu seu interesse pelo que lhe contaria.

— No Bosque Azul, existiu uma gaiola. Era imensa. Lá, os soldados guardavam as borboletas azuis, dezenas delas. Sua cor azul podia ser vista através das gradezinhas — explicou o avô, e o menino imaginou as grades todas enferrujadas e tomadas pelo mato.

— Sério? — perguntou F. — Colocavam elas na gaiola?

— Centenas delas. Algumas ficavam imóveis, outras agitavam as asas. Centenas de borboletas azuis que esperavam alguém para abrir a porta e perdoar sua vida... — disse o avô. — A gaiola tinha uma inscrição que dizia "Corte suas asas!", e a fechadura tinha gravada a figura de uma borboleta.

F olhava o avô, olhava o Bosque Azul e os soldados. O tio olhava as pombas. Parecia agradecido pelo avô ter falado por ele. Por ter dito as coisas que ele ainda tinha engasgadas dentro de si.

— Dizem que durante a Guerra Velha, quando o exército chegou a esta cidadezinha para levar as crianças — continuou o avô —, um dos superiores ficou imensamente perturbado por um repentino bater de asas perto de seus ouvidos. Eram as borboletas que vinham ao meio-dia. Eram tantas, que seu coração deu um salto, e ele ficou tão impaciente com o sufocante ruído, que quis matar todas. Para ele, não fazia nenhuma diferença o fato de as borboletas azuis serem consideradas sagradas em Barbascal.

— Sagradas? — perguntou F.

— Sim, os habitantes mais antigos do povoado acreditavam que as borboletas eram anjinhos de crianças mortas que voltavam à Terra — explicou o avô. — E por isso, nós, as crianças, as considerávamos nossas amigas. Também eram conhecidas como as Filhas do Sol, talvez pela cor brilhante de suas asas...

F permaneceu escutando.

— Já contei que as borboletas tomavam sol no Bosque Azul, mas às vezes, em vez de irem até lá, algumas ficavam na cidade;

também falei isso. De uma hora para outra, sentíamos que elas sobrevoavam nossas cabeças. Daí, precisávamos tirá-las com cuidado e fechar as janelas, pois a casa se enchia de borboletas, e eram tantas, que custava respirar.

F sorriu e lhe pareceu que o tio também o havia feito.

— Mas o exército decidiu que essas mesmas crianças deveriam acabar com elas. — O avô fez uma pausa. — Logo, não haveria mais borboletas voando pelo Bosque Azul nem pelo povoado. Só víamos centenas de asas espalhadas e corpos se sacudindo na grama. Às vezes, as prendiam nas árvores com um alfinete para cumprir a missão com mais facilidade ou as enfiavam na grande gaiola. Naquela gaiola. Que formas mais curiosas de lembrar que nós temos — suspirou. — Que formas... Hoje me lembro de que muitas tardes me sentei à janela esperando-as, por mais que soubesse que não voltariam. Em Juancojo, seu lar, não ficou nenhuma.

F não sorriu, nem tio Eduardo. Não parava de esfregar as mãos na água de uma das bacias. Será que pensava outra vez em suas mãos azuis?

O avô não disse mais nada, mas ficou pensando: "Se não havia mais borboletas, que coisas cruéis inventaria aquele novo exército..."

6

Chupim

O macho tem penas de cor azul-escuro brilhante; a fêmea, de um cinza opaco. Comem insetos, sementes e frutos. Põem os ovos em ninhos alheios para que outros pássaros cuidem de seus filhotes, mas os chupins nascem primeiro que os hospedeiros e, instintivamente, tiram do ninho os ovos de quem lhes cuidou. Seu nome científico é *Molothrus bonariensis,* que vem das raízes gregas *molos*, que significa batalha, e *throsko*, que quer dizer gerar. Talvez seja por isso que quase sempre andam em grupos de cinco ou mais: para gerar medo. Para arrancar os filhos de seus lares...

Mãe Carmen e Eliécer caminhavam com o Sol nas costas. Ela andava mais rápido que seu neto. Suas pombas não a seguiam, pois as havia deixado fechadas na casa junto com Maribelita e as outras três galinhas.

Naquele domingo, a anciã não iria à praça adivinhar o futuro. Iria, como cada família da cidadezinha, entregar sua contribuição ao exército. O comandante havia dito que todos os habitantes de Barbascal deveriam ajudar a alimentar seus homens, que era sua obrigação enquanto estivessem instalados lá. Mãe Carmen decidira levar duas porcas.

— Vó! — gritou Eliécer.

— Que foi?

— Jesus, Maria e José! Por que está indo tão rápido? Você sempre caminha devagar. Suas pernas não estão doendo hoje? As porcas são gordas e lentas, não sabem caminhar cobertas com esses plásticos.

O menino era o responsável por apressar as porcas e cuidar para que não entrassem nos jardins dos vizinhos. Mãe Carmen se deteve. Tirou o chapéu, limpou o suor da testa e voltou a pô-lo. Olhou as mãos, que tremiam. Os pulsos eram inchados, e as pernas, tortas. A artrite a havia deformado e encurvado. Ia nervosa, pensativa. Naquela semana, os guácharos, que viviam na caixa-ninho de seu telhado, não haviam regressado. Respirou fundo e sentiu que o vento trazia um cheiro de estábulo misturado com o aroma das goiabas e a pestilência do povoado.

A cada dia, chegavam mais soldados a Barbascal. Os últimos haviam aparecido na manhã de sábado em dois caminhões grandes. Passavam pelas ruas a toda velocidade, e as aves levantavam voo, assustadas com o barulho dos motores.

De repente, começaram a soar os sinos da igreja, *tilím! tiliiím!* Suas vozes metálicas lançavam aos céus seu chamado. Os sinos soavam aos domingos três vezes ao dia para anunciar as eucaristias, mas desta vez era diferente.

— Santos céus, Eliécer, anda!

— Olha aqueles homens, vó.

Um grupo de soldados agitava seus fuzis para que um bando de tangarás não pudesse descer para comer nas goiabeiras carregadas de frutos. Queriam as goiabas para eles e não pretendiam dividi-las com os pássaros.

— Anda, menino, já estão nos esperando. Esse é o sinal.

Os sinos, que não paravam de tocar, convocavam as pessoas.

Um camponês passou perto de Mãe Carmen. Levava galinhas em uma caixa de papelão; uma delas começou a cacarejar e a bater as asas. O homem parou, agitou a caixa para que se calasse e depois continuou andando rápido. Outro homem ia branco dos pés à cabeça; carregava uma saca de farinha, ao que parecia, furada. Outro, ainda, corria... caíam os tomates da caixa de madeira que levava sobre a cabeça, enquanto nas mãos segurava um saco com laranjas. Uma mulher, triste e ofegante, arrastava com uma mão um saco com abacaxis, e seu filho mais novo levava um saco com bananas; caminhavam com dificuldade, cuidando para não escorregar. As pessoas da limpeza não haviam feito sua tarefa, também estavam na fila.

A praça estava cheia de soldados. Não usavam guarda-chuvas, mas chapéus, e sobre as fardas, capas impermeáveis transparentes. Na frente da entrada da igreja havia uma grande fila de camponeses com bezerros, cordeiros, coelhos, galinhas e sacas de grãos, frutas e verduras. Mãe Carmen e Eliécer somaram-se à procissão lenta e silenciosa. Havia certa tensão nos olhares. Enquanto avançavam, o menino viu a professora que se aproximava. Ficou pensando no que fazia ali, se teria entregado Agustín, pois não o viu em seu ombro. E pensou também que, entre todos os louros, ele teria se desfeito daqueles que sabiam as tabuadas, pois não gostava de matemática. Depois ficou sabendo que ela havia deixado o louro trancado na escola; tinha medo de que ele repetisse para a multidão tudo o que ela dizia.

— Mãe Carmen — chamou a professora. — Quero avisar que amanhã não haverá aula.

A anciã não se surpreendeu pelo fato de que, pela primeira vez em toda sua vida, Dona Alicia fechasse a escola. Soube quando viu que uma ave, que comia formigas aos pés da professora, lançou voo, mas alterou a direção de repente. Isso indicava que estava tomando uma decisão importante

— É melhor que as crianças não saiam de casa por um tempo, entende? — Mãe Carmen arregalou os olhos e, nesse momento, entendeu tudo.

Sentiu um calafrio quando um soldado se aproximou com a cara muito fechada.

— Escute, senhora — falou para a professora. — Se já entregou o que ia entregar, então vá para casa. Não estamos aqui para cochichos e panelinhas. Velhas fofoqueiras!

Eliécer abriu a boca para dizer algo, mas não encontrou palavras para expressar sua indignação, então fez a única coisa sensata que lhe ocorreu: fechá-la. Viu que outro soldado também se aproximara de Seu Enrique, que caminhava no meio da fila.

Mãe Carmen baixou a cabeça. Teve vontade de chorar quando descobriu que o soldado que havia falado com a professora tinha uns 13 anos. Era uma criança, como Eliécer. Seguiu avançando com uma das porcas, e Eliécer com a outra. Sentiu um vazio no estômago quando viu na copa de uma árvore um grupo de trinca-ferro-bicudos degolados. A anciã relacionava seu aspecto com maus agouros. Eliécer ficou em silêncio por um bom tempo, mas as palavras começaram a picar sua língua como uma urtiga.

— Jesus, Maria e José! Por que os soldados não trabalham para conseguir sua própria comida? Que deixem de ser preguiçosos!

— Fica quieto — murmurou a anciã, mais preocupada do que transtornada.

Eliécer emudeceu quando chegaram perto do comandante. O mesmíssimo Xicrinha recebeu as porcas e, em seu caderno, anotou o nome da anciã e seu endereço. O menino também ficou olhando o caminhão em que colocavam as provisões. Pareceu-lhe gigante, imponente, com seu casco azeviche brilhante, como se houvesse tomado Sol, como um escaravelho indomável. Estava carregado com tanta comida, que poderia alimentar os habitantes de Barbascal por três meses. E ainda assim, sobraria.

— Muito obrigado, Sra. Carmen, anotei aqui que a senhora nos ajudou muito gentilmente — informou o comandante, e ficou observando Eliécer com muita atenção. — E o que nos trará no próximo domingo?

•

F RESPIROU FUNDO, e o ar com cheiro de excremento de pássaros entrou em seus pulmões. Olhou para cima, para o céu e para os pássaros que se movimentavam. Lançou-se sobre a relva, junto ao avô, que fumava um cigarro, cada um sob seu guarda-chuva e sobre um plástico. O avô lhe sinalizou para colocar a cabeça para fora e olhar o céu.

— Olha, olha as nuvens de pássaros — convidou.

— Nuvens de pássaros?

Explicou que, com tantos pássaros, só dava para ver o céu azul ou as nuvens brancas pela manhã, e no restante do dia, havia nuvens de pássaros.

— Você viu que também têm formas? — F não havia notado. — Olha, aqueles guarás formam um coelho.

— Um coelho? — O menino olhou o grupo de aves um momento e não viu o coelho em lugar nenhum. — Não, é um elefante.

O avô deu risada.

— Sim, as nuvens de pássaros mudam de forma com muita velocidade.

Ficaram assim por um tempo, deitados no jardim de casa. Se o avô via um cachorro latindo, o menino via um fantasma de pijama. Se o avô via um castelo, F via uma senhora tomando café. Não entravam em acordo. De repente, o eco de disparos próximos os calou. F ficou com tanto medo, que quis ser tão pequeno quanto os bichinhos que caminhavam pela grama. Eles podiam se esconder em qualquer lugar, como embaixo da terra ou no buraco do tronco de uma árvore.

Vieram mais disparos. Quatro seguidos.

O avô ficou em silêncio, e F engatinhou até se encostar nele. Ouviram que tio Eduardo entrou no pombal e fechou a porta. O menino estava apavorado com os disparos, com a presença dos soldados. Será que o tio também? Havia percebido que ultimamente ele estava mais atemorizado do que esquivo e que permanecia mais no pombal do que em seu próprio quarto. Várias vezes, F quis descobrir o que fazia ali o temido Homem-Pomba, mas quando entrava no pombal, as aves fixavam seus olhos vermelhos nele e o seguiam com o olhar, observando todos seus movimentos. Estava convencido de que, se entrasse para explorar quando o tio não estivesse ali, logo as pombas contariam tudo a ele.

— Por que atiraram, vô?

— Acho que os soldados querem assustar as pessoas para que façam o que eles querem.

Tocaram a campainha, com insistência. O avô se levantou lentamente, como se hesitasse em abrir ou não a porta.

— Não vá, vô — implorou F, e o ancião encostou a cabeça do menino em seu peito.

— Não vai acontecer nada de ruim. — Encaixou o chapéu com força. — Fique escondido, sem fazer barulho, e não deixe que o vejam bisbilhotando pela janela — acrescentou, e saiu para abrir a porta a Patricia, esposa de Alfredo, um casal que vivia na mesma rua que o avô.

— Seu Enrique — começou ela. — Precisamos avisar sobre o que está acontecendo. Vão matar meu esposo. Venha, por favor! Esse comandante está louco, dando tiros para cima.

Enquanto se aproximavam da casa, notaram que o quintal estava cheio de soldados e vizinhos. Os que haviam chegado primeiro contavam a notícia aos que iam chegando.

— Estão indo às casas das famílias que não levaram nada à praça hoje de manhã para ver o que eles têm para entregar.

— Deus o proteja! — exclamou um vizinho. — Caso se oponha, vão emplumá-lo. Melhor entregar a vaquinha.

— Ele disse que, se a entregar, não terá com que alimentar sua família — acrescentou uma mulher. — É a única que possui.

— Mas é melhor estarem vivos; com fome, mas vivos — concluiu outro.

O avô só observava, sem saber o que fazer.

— Vamos entregar a vaquinha — suplicou Patricia, mas Alfredo fez que não com a cabeça.

— Ninguém pode nos negar o que precisamos — gritou Xicrinha, puxou Alfredo pelos braços, o levantou e o empurrou. — Se não tem nada para nos dar, nem metade de uma galinha, então você vem com a gente. Tragam aquela vaca que é nossa — ordenou a um soldado. — Somos muitos e estamos com fome. Ah, e também vou levar a moça! Precisamos de gente para lavar roupa e cozinhar. — Agarrou-a pelo braço, e começaram a andar.

— Percebe? — Uma vizinha deixou escapar um soluço. — Está vendo, Seu Enrique? Precisa nos ajudar, precisa enviar uma carta para que saibam que a guerra chegou a Barbascal. Precisa dar essa má notícia.

— O Trem Amarelo não voltou, e o condutor do trem que nos trouxe e que, segundo contam, sequestraram com trem e tudo foi encontrado emplumado longe daqui — falou outra pessoa.

— Estamos sitiados — disse outra voz. — Não vão deixar ninguém sair de Barbascal. Só o senhor pode nos ajudar. Já viu do que esse comandante é capaz se o desobedecermos.

Naquela noite, na hora do jantar, o avô não comeu nada; disse estar sem fome e com muito calor. Suava muitíssimo. Estava ofegante.

Quando estava quase adormecendo, tocaram a campainha. Era Xicrinha, que o havia visto na casa de Alfredo.

— Já é tarde, senhor — informou o avô ao abrir a porta. — Eu estava dormindo.

O comandante ficou o encarando.

— Pois acorde, Seu Enrique. — Tirou a mochila das costas e, quando a abriu, o avô viu que carregava vários cadernos.

Eram os mesmos nos quais escrevia quando cada família entregava seu tributo na praça.

— O senhor faz o que eu disser, na hora que eu disser, entendido?

O avô olhou para ele sem dizer nada. Ficou pensando em Patricia.

—Além disso, vi que o senhor perambulou pela praça, mas não entregou nada.

— Não tenho nada para lhes dar — defendeu-se o avô. — Só tenho as minhas pombas.

— Precisamente — Xicrinha sorriu. — Será sua contribuição à nossa estadia. Ou, se preferir, posso fazer caldo de pombas para meus meninos.

O avô abriu os olhos.

— Aqui estão as cartas que quero que envie amanhã. — Tirou da mochila vários papéis dobrados descuidadamente.

— Mas combinamos que seria às sextas-feiras — protestou o avô. — Hoje é domingo, o senhor chegou há uns poucos dias...

— Pois preciso que as envie amanhã — interrompeu o comandante. — Não quero que comecem a achar que estou aqui roubando seus animais, sua comida — disse, irônico. — Melhor dizendo: é preciso desmentir, se alguém já contou, que estou por estes lados esvaziando as geladeiras das pessoas. Ou fazendo outras barbaridades.

•

F NÃO OUVIU, como em todas as manhãs, os *cocoricós* dos galos da igreja. Quando abriu os olhos e viu o relógio da parede, percebeu que já era tarde. Limpou as remelas e não tomou banho. Vestiu-se e saiu correndo para tomar café da manhã, queria chegar antes de a aula começar para conversar com Eliécer e Felipe sobre o que acontecia na cidade.

Quando chegou na cozinha, tio Eduardo já havia feito o desjejum: arroz com ovo frito.

— É ovo de pomba de novo? — perguntou F com um quê de nojo.

É que as pombas do avô pareciam muito sujas e fedidas.

O tio não lhe respondeu e pôs sobre a mesa um prato cheio de comida e um copo com achocolatado. Espantou as pombas que estavam dentro da cozinha e fechou a porta para que não entrassem novamente. Desde que F chegara, só as mais mimadas passeavam pela casa, as outras ficavam trancadas no pombal. O avô disse que assim teriam um pouco mais de ordem.

— Sim, são de pomba — explicou o avô, um pouco taciturno enquanto entrava na cozinha. — São de graça e mais nutritivos.

— Gosto dos de codorna — interrompeu-o F.

— Eu também, e os de galinha. Depois vou comprar alguns — falou o avô.

F não disse nada e comeu rápido, em silêncio. Notou que o tio não embalava seu sanduíche de ovo e olhava o avô de canto.

— Vou à escola no seu lugar — informou o avô.

F não concordou. Disse que o avô já sabia ler, e ele não.

— Nem pensar! De agora em diante, você não pode sair sem minha permissão. Melhor, ninguém pode sair. Eu vou porque preciso falar com a professora, mas já volto.

No caminho à escola, o avô se aproximou de uma casa onde encontrou alguns triste-pias caídos com o peito para cima e com os fios de seda espalhados pelo chão. A caixa-ninho estava destruída. Eram as aves da jovem Arroz. Ninguém sabia mais nada sobre ela. Uns diziam que havia ido embora do povoado no mesmo dia em que Xicrinha chegou com seu grupo. Outros contavam que fora levada à força para o Bosque Azul.

Fez um desvio pela estrada onde ficavam as granjas de aves poedeiras para perguntar se tinham ovos de galinha, de pata ou de codorna. O avô sentiu um buraco no estômago quando viu que os telhados dos galpões haviam sido destruídos, as paredes, demolidas, e os vidros, quebrados. Estavam abandonados. Não havia mais nenhuma poedeira por lá.

Chegando à escola, encontrou-a fechada. Não ficou surpreso, pois a professora já decidira isso. Empurrou a porta de trás, que estava entreaberta. Combinaram de se encontrar para ver se o plano havia dado resultado ou se precisavam inventar outra coisa. Suspeitavam que não fora suficiente o fato de os dois terem passado pelas filas de camponeses na praça no domingo para adverti-los a não enviar os filhos à escola, pois havia muitos soldados vigiando. Aos que puderam, sugeriram esconder as crianças, pois depois de pedirem comida, viriam para levar os meninos, que ocorrera o mesmo durante a Guerra Velha e que a estratégia de Xicrinha consistia em que os adultos saíssem com os filhos para levar os víveres de modo a conhecer as famílias. Mas lhes responderam que estavam exagerando, que o exército ficaria apenas alguns dias em

Barbascal. A professora também havia passado em algumas casas e recebido a mesma resposta.

Mas parecia certo que o plano falhara em certa medida. O avô encontrou a professora e alguns alunos mais novos. Ela estava nervosa.

— Tomara que não venham mais crianças! — exclamou em voz baixa.

— Tomara que não — expressou o avô, e ficaram juntos, de pé, diante da janela.

Nesse momento, ouviram um caminhão da tropa estacionando na frente. O avô olhou as crianças e ordenou que se escondessem. Imaginaram que Xicrinha chegava com seus caminhões para aguardá-las na entrada da escola.

No caminhão, havia uma centena de gaiolas. Lá estavam as aves das granjas: as galinhas, as codornas e as patas, tão amontoadas, que não podiam esticar as asas. Algumas haviam perdido as penas, talvez devido às lutas entre elas ou à automutilação causada pelo estresse. Os dejetos caíam por entre os pisos das gaiolas, que estavam umas sobre as outras; o caminhão estava cheio de moscas e outros insetos. Viram, aterrorizados, que algumas pareciam mortas, talvez por desidratação ou falta de ar, ou porque haviam batido nelas ao enfiá-las nas gaiolas. As aves estavam presas havia dois dias e duas noites. Algumas estavam com os olhos fundos, o que indicava depressão severa. Também havia algumas gaiolas repletas de galos. Eram os da igreja. A professora olhava para a rua, o caminhão e os soldados, implorando ao céu que nenhuma outra criança aparecesse na escola. Pouco depois, o segundo caminhão da tropa estacionou. O próprio Xicrinha o dirigia. Nele estavam os estudantes mais velhos. Haviam-nos recrutado no caminho da escola.

— Eu sabia, eu sabia! — exclamou ela outra vez. Quis sair para interceder por eles, mas o avô a deteve, a abraçou.

— É melhor que não a vejam.

Os meninos choravam em silêncio, olhando para o chão do caminhão. Da janela, viram que traziam outros jovens aos empurrões, caminhando com as mãos atadas nas costas, em filas de dois. Quando os pais chegaram, já estavam dentro do caminhão; ficaram ao lado do veículo, chorando em silêncio. Haviam dito que não queriam ouvir prantos nem dos pais nem dos filhos. Mesmo assim, as mulheres gritavam, sem lágrimas:

— Não levem as crianças, não as levem!

A professora começou a chorar ao ver Xicrinha bater à porta da frente da escola.

— Já está com todos — respondeu a professora ao comandante quando lhe perguntou sobre os demais jovens. — Nesta cidade tão pequena, são poucos os meninos. Já estão todos em suas tropas. — Indicou o caminhão com sua bengala.

O comandante sorriu satisfeito.

— E estes aqui, comandante? — perguntou um fardado puxando uns meninos pelo colarinho da camisa. — Não precisamos deles?

O comandante soltou uma gargalhada.

— Ainda não, só quando não molharem mais as fraldas.

— Estavam escondidos no banheiro — voltou a falar o soldado.

Então a gargalhada do comandante se converteu numa carranca de ira. Ele tirou o chapéu e olhou com raiva para o avô e a professora.

— Espero não ficar sabendo que vocês andam atrapalhando meus planos. — Os dois idosos ficaram em silêncio. — Espero não ficar sabendo. — Encarou o avô. — Parece que o senhor mete sua fuça em todos os lugares.

— Sempre fiz isso — mentiu o ancião. — Busco notícias que possa contar, embora agora não possa fazer isso. É o costume.

— E os louros? — interrompeu o mesmo soldado, e a professora ficou verde de medo. — Os louros assados são...

O comandante não disse nada e ia saindo a passos muito largos, quando ouviu o sacerdote furioso exigindo seus galos de volta.

— Não, senhor — disse Xicrinha enquanto subia no caminhão e dava ordens para saírem dali. — Não vá achando que sua única doação será emprestar os sinos aos domingos;

preciso alimentar minha tropa. Olhem só esse aí! Compre um relógio!

Os soldados se foram, e o sacerdote ficou ali na rua, apertando com uma mão o cristo que pendia sobre seu peito, e com a outra, fazendo a bênção para os dois caminhões que se afastavam rumo ao Bosque Azul.

A professora Alicia permaneceu muda na entrada da escola, enquanto as crianças a abraçavam pela cintura.

— Valeu a pena — falou o avô. — Sabemos que não estavam todos os jovens lá. Posso assegurar que muitos conseguiram se esconder graças à sua ideia. E vocês, crianças... — Acariciou a cabeça delas. — Vão para casa e não saiam. Não podem encontrar vocês de novo.

— O comandante também sabe que não estavam todos — murmurou a anciã. — Virá buscá-los.

— Precisamos pensar em outro plano...

A CAMPAINHA DA CASA DO AVÔ soou com insistência.

Uma mulher dizia que o próximo seria seu filho. Contou que o havia escondido no estábulo das vacas quando a professora lhe avisou do perigo, mas que os fardados continuavam rondando. Se fossem atrás das vacas, o encontrariam também.

— Por favor, senhor — implorou a mulher. — Avise, envie cartas.

Em seguida, chegou outra mulher com seu marido.

— Ficaremos sem filhos — disse o homem. — Quando ouvimos os soldados chegando, abaixamos os meninos entre os pés de tomate para que não os vissem.

Pelo menos vinte pessoas o visitaram. E a cada uma, o avô disse estar pensando em algo. Mas isso não foi o suficiente para elas. Naquela noite, quando ele foi à praça, elas não o cumprimentaram, e ao voltar para casa, na caixa de correio da entrada, encontrou as cartas que as pessoas queriam enviar contando a tragédia, além de ratos mortos e frutas podres.

— As pessoas estão bravas, Enrique, e com toda a razão — disse tio Eduardo enquanto colocava as cartas num saco que levaria em seguida a um canto do pombal. — É preciso enviar mensagens de alerta. Só você pode fazer alguma coisa pelos jovens. Acha que sua missão na vida é fazer os outros felizes, poupando-os da dor? Então não deixe que levem mais nenhum menino de suas casas. Faça algo, senhor sonhador.

F ficou olhando. Era óbvio que o tio sabia o que estava acontecendo. Por mais que ficasse trancado, ele sabia da presença dos soldados, ouvia os tiros e os gritos dos pais desesperados. Parava diante das janelas e não olhava, só escutava.

— Só eu? — questionou o avô; o tio não disse nada e começou a limpar os ninhos. — Só eu? Acha que é fácil assim? Também estou assustado por minha família, como todos desta cidade. Sabe muito bem que se Xicrinha descobrir, nos mata.

— Torceu as mãos, nervoso, como se houvesse algo que preferiria não dizer ou acreditar. — Você não pode ficar sabendo de tudo trancado aqui, Eduardo. Não pode escutar tudo aí da sua janela. Sabe quem é o comandante? Já sabe quem é?

O tio fez que não com a cabeça. F ficou em silêncio, atento à conversa.

— Xicrinha é o Grande Recrutador, e não qualquer comandante. É o encarregado de recrutar soldados para Os Pantaneiros.

— O Grande Recrutador? — sussurrou o tio. — É de dar calafrios!

O avô disse que havia outro no comando, um homem com a mesma idade de Xicrinha a quem chamavam Cacau. Contavam, entre piadas, que era sua orelha direita e que estavam no exército desde pequenos. Diziam que ele era o responsável por liderar as tropas que iam de povoado em povoado recrutando os jovens e que, a partir do Bosque Azul, seriam distribuídos para outros grupos. Enquanto isso, Xicrinha controlava todos os habitantes de Barbascal, mantendo-os na linha para que os pais não se rebelassem durante a estada do exército.

— Sim, é de dar calafrios — repetiu o avô. — Eu quero ajudar, Eduardo, só que não tenho mais ideias. No domingo, lá na praça, a professora e eu avisamos às famílias que escondessem os filhos e que não os deixassem sair de casa. Nós advertimos...

— Vocês realmente fizeram isso? — interrompeu o tio. — Eu achei estranho a professora ter fechado a escola assim, sem mais nem menos.

— Ela fechou a escola? — perguntou F, e o avô fez que sim com a cabeça.

O menino enrugou o nariz.

— Quando ela veio avisar, não achei que estava falando sério. É difícil a Dona Alicia se render assim — acrescentou o tio.

— Não se rendeu — devolveu o avô. — Decidi ajudá-la naquele dia, mas não foi o suficiente. Sinto que estou atado de pés e mãos com o correio de pombas, Eduardo. As pessoas me pedem para enviá-las, mas estou vigiado, ninguém se coloca no meu lugar...

— É incrível que tenha ajudado a professora... — sussurrou o tio, ainda incrédulo.

— O que ela não pôde fazer com seu filho Carlos — disse o avô. — O que eu teria feito por você se eu não fosse criança naquela época. — O tio baixou a cabeça, comovido.

— A professora Alicia tem um filho? — perguntou F.

— Sim, F — respondeu o avô, e sacudiu a cabeça quando lhe veio a recordação da professora naquela manhã na escola.

Ela o havia abraçado, desconsolada, e lhe havia dito que ficaria trancada na escola com seus louros, pensando no que fazer.

Ouviram gritos e disparos.

— Quando eu era criança — dirigiu-se o avô a F enquanto se sentava e fazia uma bolinha com o ninho de um beija-flor —, na Guerra Velha, levaram o Carlos, filho da professora Alicia.

Pôs a bolinha sobre uma mesa. Começou a fazer outra. F sentou-se ao seu lado, no chão.

O avô contou que, quando a professora era jovem, certa manhã, levaram seu filho arrastado da escola onde ela trabalhava e que, desde então, nunca mais viveu em sua casa, mudou-se para a escola. Lá havia reservado um lugar no refeitório para seu filho e se vestia com roupa de festa para celebrar quando Carlos voltasse.

F permaneceu calado e pensou nas roupas brilhantes e extravagantes da professora.

Ouviram-se gritos e alguém gritando por socorro.

— Seja como for, a Dona Alicia continua esperando com o lugar reservado no refeitório: serve comida para ele e fala com ele como se estivesse à sua frente. — Colocou um ninho de beija-flor no ouvido esquerdo. — A Dona Alicia dizia naquela época — continuou o avô —: meu filho vai voltar, só que não se lembra do caminho, levaram-no quando era muito novo. Os soldados respondiam: nós o pegamos; nós o pegamos, e ele nunca vai voltar. Diziam isso por maldade, para vê-la engolir em seco.

Ouviram disparos e mais gritos.

F estava pálido, e os lábios estavam brancos e secos como dois papeizinhos. O tio olhou para o menino e viu o medo em seus olhos.

O avô voltou a falar com uma voz que era só um murmúrio:

— É por isso que ela nunca sai da escola, e os louros são sua companhia, são com quem conversa para não enlouquecer em meio à eterna espera. Ela disse que se Carlos voltar, vai procurá-la na escola, e em nenhum outro lugar — disse, pondo o segundo ninho de beija-flor no outro ouvido. — Tomara que Carlos tenha se esquecido do caminho, porque, se voltar agora, vão pegá-lo e levá-lo de novo. É melhor que tenha se esquecido do caminho.

Tio Eduardo estava apoiado na parede, também escutando a história, quando ouviram outro tiroteio. Então, com o semblante pesado, deu um murro na saca de milho onde estavam as cartas. Suas sobrancelhas se juntaram; a boca se transformou numa linha fina. Ficou calado por um tempo. Depois, deu meia-volta para sair do pombal, mas hesitou.

Seus movimentos eram incertos, como se não estivesse confiante para abrir a porta e sair. Procurou no bolso traseiro da calça um lenço, tirou-o, secou a testa e, por fim, saiu. Voltou minutos depois com uma montanha de almofadas e travesseiros. Amontoou tudo no lugar onde F estava e mandou que se escondesse ali; que o pombal também poderia ser seu refúgio. Quando viu que o menino o olhou com gratidão, a tensão desapareceu lentamente de seu rosto. Os lábios ficaram entreabertos, mas não disse nada.

— Vô — falou F, porque ainda tinha medo de falar com o tio, mas ele não ouviu —, acho que agora entendo por que o tio está trancado nesta casa todo esse tempo... É porque quer ficar vivo. Lá fora dá medo.

O tio olhou comovido para o menino que abraçava com força uma almofada e a Alcahueta. Em seguida, se aproximou lentamente e olhou seu irmão nos olhos de forma tão insistente, que o avô tirou os tampões de ouvido.

Tio Eduardo pareceu duvidar de novo, mas não aguentou:

— O que precisamos fazer, Enrique? Eu te ajudo.

MÃE CARMEN LEVANTOU-SE CEDO e olhou para o céu. Não fazia nem uma semana desde que Xicrinha chegara, e o céu não mostrava bons sinais. Por um momento, quis que um exército de espantalhos caminhasse ao seu lado para afastar as aves e suas mensagens.

Foi até a praça com sua galinha e Seu Héctor. Helena a acompanhou porque Felipe e Eliécer estavam escondidos desde que haviam levado os jovens que iam a caminho da escola. De lá para cá, a anciã se repreendia. Sabia que os soldados não haviam ficado de olho apenas em suas porcas gordas, mas também em seu neto. Como é que pôde cair em tal cilada? Por que nenhuma ave lhe avisou?

Um grupo de soldados passou trotando. Um deles, mais velho, deteve-se diante de Mãe Carmen e lhe disse, com raiva, que não podiam ficar ali, que ninguém lhes havia dado permissão, e que deixassem de estorvar. Afastou-se e desapareceu entre a mancha verde dos demais combatentes. Era Cacau.

— Contam que ele tem muitos jovens sob seu poder — disse Helena enquanto organizava a cesta com os alimentos obtidos como pagamento naquela manhã. — Precisamos ajuntar mais comida para nos esconder por um tempo, Mãe Carmen, não podemos ficar saindo. Podem nos seguir e descobrir que temos dois meninos escondidos.

— Você tem razão. Embora esse tal de Xicrinha diga que os meninos pequenos não lhe interessam, só os de 13 anos ou mais.

— Mãe Carmen — chamava-a assim, mesmo sendo sua tia materna —, o Eliécer parece ter 13.

— Que o céu cuide de nós. — As duas se abraçaram, mas um alvoroço as distraiu; aconteceu alguma coisa uns quarteirões adiante.

— Espere aqui, Mãe Carmen. Já volto, quero saber o que está acontecendo.

Helena correu e se juntou a um tumulto de gente que parecia discutir. Todos estavam com cara de espanto.

— O que está acontecendo? — perguntou Helena, e pegou a pena de seu bolso.

Sua tia a havia dado de presente a ela quando completou 6 anos. Fez o mesmo com Felipe e Eliécer. Cada um sempre levava uma pena para proteção.

Foi nesse momento que viu Fernando, um jovem do povoado, sendo levado para cima do caminhão que estava estacionado no meio da praça. O outro caminhão já havia saído com a tropa liderada por Cacau. O menino se virou e abraçou Dona Eugenia, sua mãe. Começou a chorar, como se estivesse se afogando. O pai tentava separá-los, mas Fernando não permitia que o afastassem. Chorava com o rosto incrustado no ombro de sua mãe.

— Não, não podem levá-lo — murmurou Helena, com o queixo tremendo. — Que loucura é esta? Já levaram muitos! Não é o suficiente?

Dava para notar, sob o chapéu de palha, que a mãe de Fernando estava ficando sem cabelo: aquele cabelo castanho e bem escovado fora substituído por penas de alcaravão.

Helena ficou parada no local, muda de pavor.

— Este aqui estava bem escondido em sua casa — zombou Xicrinha apontando para Fernando. — Mas ninguém escapa de mim. Ninguém!

O jovem estava pálido. Naquele momento, sua mãe se agarrou tanto a ele, que os soldados levantaram as armas.

Helena não queria dar as costas para as armas dos soldados, pois achava que eles disparariam. Ouviram uma algazarra, e um ruído de asas batendo encheu o céu do povoado. Olhou seu relógio e, em seguida, o céu. O Sol estava no ponto mais alto. Sobre as pessoas aglomeradas na praça, voaram as andorinhas, esvaziaram o intestino, e só quem já estava de chapéu se salvou dos impactos. Agora o céu estava cravejado de nuvens de pássaros que voavam sobre os telhados e as árvores. A algazarra era estrondosa, como se as aves pressentissem uma tragédia.

— Solte-o, senhora — ordenou Xicrinha à mãe de Fernando.

Helena sentiu uma tontura. Tudo parecia muito branco, e ela se sentia como um pássaro que se choca nas tardes de sol ofuscante.

Naquele momento, sentiu alguém pegando sua mão. Era Mãe Carmen. Olharam o céu. Entre todos os pássaros, voava sobre o caminhão um grupo de urubus-de-cabeça-vermelha. A anciã fez a bênção e deu meia-volta para retornar à sua casa com a sobrinha.

— É melhor não ficar aí. — E puxou Helena. — *Melhor não olhar o céu* — pensou. — *Melhor não olhar.*

●

À NOITE, O AVÔ SAIU PARA A PRAÇA buscar comida para suas pombas. O trem continuava não vindo, e a comida estava acabando. Na porta da esquina, a mãe de Fernando estava sentada no degrau de sua casa com o chapéu na cabeça. Usava um vestido preto. O avô já sabia que haviam levado seu filho. Depois de hesitar brevemente, continuou caminhando, não queria passar na frente dela. O que dizer nesses casos? Não conseguia mais pensar em palavras confortantes. A mulher fumava, e as cinzas caíam sobre um vaso. Tragou, ergueu os olhos quando o cigarro acabou e arrumou o chapéu.

— Quando vêm levar um de seus filhos, supõe-se que é preciso aceitar, que é preciso sorrir — disse Dona Eugenia ao avô. — Porque aqui, até as desgraças são bonitas, certo, Seu Enrique?

O avô olhou para o outro lado, sem responder. Continuou caminhando em silêncio, sob seu guarda-chuva. Ao longe, retumbaram disparos. O avô abandonou o caminho e voltou correndo para casa, mas antes de entrar, virou-se e viu soldados levando sacos cheios de penas. Que outro pai teriam descoberto escondendo o filho?, perguntou-se. Sentiu raiva e inquietação.

Subiu ao pombal e sentou-se ao lado de seu irmão. Pensou em Mãe Carmen, em seus maus presságios, e pela primeira vez, lhe deu razão. Do saco, foi tirando as cartas que as pessoas haviam deixado na caixa de correio com algumas porcarias a mais. Havia parado de queimar as mensagens. Começou a ler uma carta em voz alta, mas parou. F, escondido na montanha de almofadas, estava chorando.

— Enviaremos as pombas — disse o avô. — Depois disso, vamos interromper o correio, mas precisamos tentar salvar os jovens desse exército, os poucos que restarem.

— Precisamos tentar, Enrique — sussurrou o tio, e os dois se olharam em silêncio, cúmplices.

— F continuará escondido até conseguirmos tirá-lo de Barbascal — falou o avô, e o menino permaneceu olhando-o. — Envie as cartas amanhã, que não é dia de correio, ao meio-dia, quando chegam as aves de Juancojo, para que se misturem com elas. Todas minhas pombas devem ir. Enviaremos duas cartas para Ramiro, para que não devolva as pombas, que fique com elas.

Durante a guerra, quando a informação era de especial relevância, enviavam duas aves com mensagens idênticas, caso uma delas caísse em mãos erradas.

— Confirmaremos o que ele já deve suspeitar — continuou o avô. — Imagino que na estação de trem devem ter-lhe dito por que o Trem Amarelo não voltou, e já deve saber do outro trem que o Xicrinha sequestrou. As notícias voam, mesmo que não sejam nas patas das minhas pombas, mesmo que Xicrinha queira alterar a realidade.

O tio torceu a boca, mas não disse nada. Não era hora de cobranças.

A noite foi eterna. Cada um ficou pensando nos jovens recrutados, nos pais emplumados. F tampouco conseguiu dormir; sempre fazia isso com Alcahueta, mas o tio Eduardo o proibiu naquela noite. Quando soavam os disparos ali perto, o menino dizia a ela: "Silêncio, os soldados estão vindo." E a pomba se calava. Escondiam-se debaixo da cama onde o tio o havia ajudado a fazer outro esconderijo com travesseiros e cobertores. Lá, F recordava-se da vez em que havia ido a um circo em Manzanares e vira pombas adestradas, por isso não se surpreendia com a inteligência de Alcahueta.

7 Suiriri

O suiriri tem a cabeça cinza com uma máscara escura, e tem uma mancha laranja oculta na coroa da cabeça, menor nas fêmeas. Suas costas são de um verde-oliva acinzentado, suas asas e sua cauda são levemente aforquilhadas e com um tom de café escuro, a garganta é de um cinza pálido, e as partes inferiores são amarelas com uma coloração oliva forte no peito. O bico e as patas são pretos. Seu nome *Tyrannus* vem do latim e significa tirano, déspota, e *melancholicus* quer dizer melancólico, irritadiço e de temperamento ruim. Esta espécie defende com agressividade seu território perante intrusos, inclusive quando são aves muito maiores, como tucanos ou carcarás.

Quando F se levantou, era um pouco depois do meio-dia. Não precisou olhar o relógio, o som do céu o havia despertado. Foi ao pombal e encontrou o tio sentado no chão, colocando papeizinhos nos tubos anelares, rodeado de algumas pombas e das cartas dos habitantes de Barbascal.

— Eu precisava lê-las — explicou-se; o rosto estava perturbado. — Mesmo que eu já soubesse tudo o que dizem.

F sentou-se ao seu lado, em silêncio. O tio ficou o olhando.

O menino acariciou algumas pombas e lhes desejou boa sorte.

— Eu queria ter me despedido de Alcahueta — disse, triste, quando não viu sua pomba.

— Ah, sim, Alcahueta — desculpou-se o tio. — Não pensei nisso, sinto muito, é que eu precisava enviá-las em grupos. Assim que acabar tudo isso, vai vê-la de novo. Você me ajuda?

O tio sempre abria a janela do pombal de longe. Usava uma vara de madeira para abrir e fechar o trinco sem ter que olhar para fora. Piscou um olho, e F abriu a janela assim que ouviram o ruído das aves que vinham de Juancojo. As pombas saíram.

— Boa sorte, meninas — desejou o tio.

— Boa sorte, meninas — repetiu F.

Quando F fechou a janela e voltou para junto do tio, começou um barulho ensurdecedor. Ouviram disparos… rajadas. O tio e F se agacharam e taparam os ouvidos. Logo passaram a ouvir o ruído de coisas que caíam sobre os telhados, as árvores e a rua. O barulho vinha do céu: *uuuhh, uuuh, uuuh!* F se levantou e olhou pela janela. *Pum! Pum, pum, puuuuum!* Caíam pássaros. O menino os seguia com o olhar até chegarem ao solo. *Pum! Pum!* Seguia o movimento com os olhos incrédulos.

— Nossas pombas! — gritou. — Dispararam contra nossas pombas!

Ouviram-se mais disparos. O estrondo, gente correndo sob os guarda-chuvas. Parecia que era tudo um pesadelo. F sentia um medo que se estendia por todo seu corpo. Tapou os ouvidos e, ainda assim, ouvia tudo. Ouvia como silvavam as balas, como grasnavam as aves, como se chocavam no chão. Viu desabarem, infartados pelas explosões, corneteiros e sanhaçus, pintarroxos e andorinhas. Viu caírem corruíras e jacamaraçus. Ao matarem as mensageiras, assassinaram outras espécies.

— As pombas… — chorou.

Seu primeiro impulso foi sair correndo para buscá-las, mas o tio o deteve. Agarrou-o com força. O tio tinha os olhos arregalados, em seu rosto só havia olhos. Em seguida, abraçou F e o apertou contra si. Os dois emudeceram.

Alguém gritou da rua:

— O que está acontecendo?

— Chovem pássaros mortos — respondeu outra voz.

Nessa voz, sentia-se o pânico.

Quando os disparos cessaram, desceram para a sala de jantar. O avô estava sentado lá, pálido, com a cabeça entre as mãos. Tocaram a campainha, dois toques rápidos e um terceiro, mais demorado, um pouco depois. Não tocaram mais.

— Escondam-se — ordenou o avô.

— Vão matar você, Enrique — disse o tio.

— Melhor do que matar nós três — argumentou o avô. — Esconda-se com F. Ou você quer que matem o menino?

F não queria ir com o tio, mas ficar perto do avô. Assim, o tio não teve outra opção a não ser levá-lo à força.

Quando o avô abriu a porta, viu Xicrinha. Atrás dele, num caminhão, um grupo de soldados. O comandante lhe apontou uma arma.

— Comandante, jovens, como estão? — cumprimentou o avô, fingindo tranquilidade.

O comandante não respondeu nem abaixou a arma.

A camisa do avô estava grudada nas costas. Engoliu em seco. Seu medo era visível nos lábios apertados e tensos, mesmo quando sorriu.

Dois tiros. Um dos soldados do caminhão deu dois tiros para cima. Caiu uma saíra-dourada.

— Queremos as pombas — exigiu o comandante.

Suas palavras saíram envoltas na fumaça do cigarro que acabava de acender.

— Não tenho nenhuma pomba — afirmou o avô, e esmagou o fósforo com o qual o militar havia acendido seu cigarro e que continuava queimando no chão como um vaga-lume agonizante. — O senhor acabou de matá-las.

— O que elas levavam? — acrescentou com sarcasmo. Não me diga que eram doces. — O avô não abriu a boca. — Esqueceu do que eu disse? Deixei muito claro: nenhuma pomba sai sem que eu veja o que está levando.

O avô permaneceu em silêncio.

— Quero ver se não restam mais pombas — ordenou Xicrinha, e tragou o cigarro com tanta força, que o avô viu a chama avançar pelo papel. — E se virem alguma, disparem — instruiu aos seus soldados.

O comandante tragou o cigarro uma última vez e o atirou com um movimento dos dedos, mas com tamanha má sorte, que o disparo falhou e a bituca caiu sobre uma de suas botas. Colocou a mão sobre o ombro do avô para que o seguisse e começou a caminhar.

O tio e F escutavam a conversa. O tio implorou para que o comandante não fizesse nada a seu irmão, implorou tantas coisas a Deus, mas parecia que Deus havia colocado tampões nos ouvidos para não ouvir os clamores do mundo, os lamentos dos pássaros. Os soldados seguiram o avô satisfeitos com o medo que provocavam.

Começaram a subir ao pombal.

— Este negócio não estava funcionando — explicou o avô. — As pessoas não podiam enviar as cartas e não podiam dizer nada. Liberei as pombas hoje porque não tinha mais com que as alimentar.

— Acha que eu sou tonto, é? Hoje saiu daqui um grupo grande de pombas — disse o comandante —. O que levavam as que se salvaram? O que as cartas diziam?

O tio não voltou a ouvir a voz do avô, mas os soldados ainda ficaram um bom tempo no pombal. Depois, ouviu que voltavam ao piso térreo. Seus passos lentos e calculados se aproximavam de onde estavam. O tio fez sinal para F permanecer em silêncio. As batidas do coração do menino haviam começado uma briga e tinham uma confusão de ritmos. Tentou engolir as batidas, por mais que o sabor de coração assustado não fosse muito agradável.

— Senhores — disse bem alto o homem sem orelha, e desta vez F entendeu cada uma das palavras que ouviu, pois Xicrinha se assegurou de que todos o escutassem. — Se uma pomba ou uma calhandra se mexer, eu fico sabendo. Elas também são nossas. Nenhum pássaro voa sem minha permissão. E tem mais! — gritou na porta da casa. — De hoje em diante, continuem atirando em todas as aves que voarem ao meio-dia. Nesta cidade de loucos, vá saber se não há outras aves treinadas como mensageiras, além das pombas.

E fechou a porta.

Quando não ouviram mais os homens, o tio abriu a porta do quarto. F saiu correndo até o pombal.

— Vô!

Uma segunda vez. Seu rosto se contraiu ao atingir um tom mais alto.

— Vô! Vô!

Estava estendido no chão, irreconhecível.

F desceu correndo e chamou o tio, que continuava paralisado, e subiram. Quando chegaram ao pombal, pediu que F saísse dali, que ele cuidaria da situação. F não conseguia parar de gritar e chorar. O tio o pegou pela mão para tirá-lo de lá, mas ele se soltou e continuou chorando.

— Vô, vô...

O tio levantou o irmão nos braços. Tentou descolar o bico de urubu que colaram sobre seu nariz para que pudesse respirar, mas a cola já estava seca. As penas que cobriam seu corpo nu eram as de suas pombas, as mesmas que cobriam o piso da casa e do pombal.

O tio o carregou, o levou até sua cama e, com um pano umedecido na água morna, começou a lentamente amolecer a cola.

F olhou para o tio com os olhos mais vermelhos que os de Alcahueta.

— Por que não saiu para ajudá-lo? — Ele não respondeu. — Você é um covarde. Tinha que ajudar a todos nós — disse a ele

— Você é mau, como todos os soldados. Deveria tê-lo ajudado. O Homem-Pomba castiga as crianças más. E esses homens aí, não são maus?

O tio não respondeu; em vez disso, trancou-se no pombal. Atrás da porta, F o ouviu chorando.

— Isto aqui tem que parar, tem que parar, tem que parar — desabafou. — Seja lá quem você for, Deus, que esses soldados tenham compaixão. Ouviu? Seja lá quem você for, desta vez é sério, e não quando era a minha vez. Seja lá quem você for, precisa me escutar, não estou brincando. Não me deixe esperando aqui, trancado, até que a tranquilidade chegue algum dia ao mundo. Não pode fazer a essas crianças e suas famílias o que fez a mim.

•

Mãe Carmen ficou vários dias trancada em sua casa com Eliécer, sem sair da cidade. Depois da morte das pombas de Seu Enrique, ela temia pelas suas. Desde então, bem ao meio-dia, suas pernas se dobravam com um formigamento repentino quando escutava as rajadas dirigidas ao céu.

— É a artrite — falou para Helena, mas ambas sabiam que eram os nervos que passavam por dentro.

Para ela, as pombas também estavam associadas aos guias espirituais. Havia a história de que os pássaros eram anjos temporários, ainda sem nome, incumbidos da missão de acumular méritos na Terra para então abandonar sua forma física e receber um nome próprio, tornando-se, assim, anjos da guarda de seres humanos.

— Se matarem todos os pássaros, ficaremos sem anjos na Terra — advertiu para Helena.

Em seguida, saíram para fazer uma oferenda ao Céu. Caminharam até a lagoa.

Mãe Carmen amarrou penas de pardal e de carcará com talos de arruda. As de pardal garantiam uma vida familiar muito tranquila; as de carcará serviam para sair vitorioso de alguma situação ruim. A velha enterrou as penas perto da água, e as duas fizeram uma oração silenciosa, de mãos dadas e segurando as penas de sabiá-de-óculos.

— Que o Céu cuide de nós — disse Helena.

— Que o Céu cuide de nós — disse a anciã.

Em seguida, tirou o chapéu, amassou-o entre os dedos e o torceu.

Helena a abraçou e jurou que, apesar dos pesares, não abandonaria Barbascal, nem os pássaros, e que Felipe concordava.

— Continuaremos aqui. Assim que os soldados se forem, repovoaremos novamente com pássaros as árvores, os telhados e os caminhos. Planejamos isso com Sandra. Eles sairão em breve. Já estão ficando sem comida. Por exemplo, hoje, domingo, pouca gente foi à praça levar mantimentos para eles. O povo não tem muito mais o que entregar.

— Eu sei — falou a anciã.

— Terão que ir a outro lugar — repetiu Helena em voz baixa. — Mas nós continuaremos aqui. Só precisamos de fêmeas e machos de várias espécies, como Noé, para recuperar as aves perdidas.

— Sonhar não custa nada, querida — afirmou a anciã. — Posso começar a ler o futuro com as formigas das embaúbas da praça. Consigo ler o movimento de suas antenas e patinhas. Sua mãe lia a água, e a minha filha lia a fumaça, eu lerei as formigas. — Helena tentou sorrir, mas não conseguiu.

Nesse momento, apareceu um soldado, um rapaz, quase menino, fardado. Estivera todo o tempo perto delas, sem que o percebessem. Parecia perturbado e estava com o dedo no gatilho; a boca do fuzil apontava para o céu.

— Do que estão rindo, bruxas? — perguntou. — Estão querendo lançar uma maldição sobre a tropa.

Helena e Mãe Carmen se olharam boquiabertas e sorriram.

—Bruxas?

— Tenho cara de palhaço, é? — soltou ele, ajoelhou-se onde haviam enterrado as penas e removeu a terra com o fuzil.

Tirou o envoltório da lagoa e olhou para a anciã. Ela sofreu em seus olhos, os olhos opacos do menino.

— Não rimos de você, querido — disse Mãe Carmen. — Porque nada disto aqui causa riso. E o que você chama de bruxaria, e que acabou de tirar da água, era um pedido que fiz por minha família e também pela sua. Pela família de todos.

Mãe Carmen pôs o chapéu, Helena também, e a ajudou a se levantar. As duas seguiram por um atalho que conduzia a suas casas. O soldado não as seguiu, permaneceu em silêncio, observando-as. À noite, uma coruja o viu tirando o punhado de penas da lagoa e jogando rapidamente terra nova sobre elas.

Chegando em casa, a anciã trancou a porta; as janelas permaneciam fechadas, embora já não houvesse pássaros que pudessem entrar. Ela afastou um móvel, tirou algumas tábuas do piso e puxou uma gaiola, onde escondia suas pombas e as três galinhas: Maribelita, Alba e Doralba. Já havia entregado Rosalba ao comandante na praça. Alimentou-as e as deixou pular pela casa durante uma hora. Depois, trancou-as novamente. Não queriam que as confundissem com as aves mensageiras. Em seguida, preparou café preto para Eliécer, em vez de chá de rapadura.

Eliécer foi à sala de jantar e começou a acariciar Seu Héctor, que estava recostado numa cadeira. Olhou a pia, com o desejo de jogar fora aquela bebida que lhe parecia horrível. Não queria dizer à avó que ela tinha se enganado. Sua preocupação e distração eram óbvias.

— Santos céus! — gemeu Mãe Carmen quando viu pela fresta da janela que vários andorinhões-de-coleira voavam sobre os telhados das casas ao redor. — Tempos difíceis estão chegando.

Naquele mesmo instante, os soldados dispararam contra os andorinhões.

Eliécer sentiu calafrios com a previsão da avó e com os disparos.

— Agora já atiram nas aves a qualquer hora. É uma loucura. — Eliécer não disse nada, e ela continuou falando. — Você deve continuar escondido. Não pode sair por nada.

Eliécer ergueu e baixou a cabeça lentamente, assentindo.

Já à noite, Helena chegou à casa de Mãe Carmen atravessando os quintais. Levava uma panela de feijão com cidra e ovos cozidos. Desde que havia morrido a mãe de Eliécer, filha de Mãe Carmen, Helena se encarregara de cuidar da idosa.

— As pessoas estão indo embora — afirmou Helena enquanto tirava o cinto no qual levava três gaiolas vazias; pendurou o chapéu no cabideiro e, em seguida, pôs três pratos na mesa. — Ao menor descuido dos soldados, irão para o Bosque de Juancojo. Parece que essa tropa não sabe muito sobre o bosque e suas trilhas. Agora mesmo vi muita gente passando em silêncio por um dos lados do hospital. Disse a elas como evitar os abismos.

Mãe Carmen não disse nada. Como podia não saber disso, se passava pelas casas abandonadas para dar um pedaço de pão aos cães solitários? As pessoas partiam aos poucos, e os cachorros ficavam na frente de suas casas, esperando seus donos, como se eles tivessem saído de férias. Às vezes, em vez de pão, colhia tomates, e os cães famintos também comiam os tomates.

— Achei que estavam escondidos nas casas, mas, na verdade, não. Estão fugindo por Juancojo durante a noite.

A anciã ficou observando o neto.

— E se pegarem você? E se pegarem você?

— Deveríamos ir embora — suspirou Helena, e, em seguida, negou com a cabeça. — Não, não podemos... Quem cuidaria dos pássaros? Mas podemos esconder Eliécer em outro lugar, e não aqui. Não nesta casa. Enquanto isso, que ele fique na minha, com o Felipe.

— Precisamos mesmo ir embora? — perguntou Eliécer.

Mãe Carmen não respondeu.

— Vamos para o Hospital de Pássaros — acrescentou Helena —, pelas crianças. Vamos nos esconder lá, Mãe Carmen.

— Não posso — respondeu ela. — Você sabe que os caminhos íngremes desse bosque são demais para meus joelhos, para meu corpo, que dói ao caminhar. Leve o Eliécer.

— Eu vou ficar com minha vó! — gritou Eliécer. — Se ela não for, eu também não vou.

Mãe Carmen tirou os olhos da fresta da janela; pela primeira vez, não suportava aquela paisagem. Tudo havia mudado no povoado. Do outro lado, àquela hora da noite, era possível ver as casinhas penduradas na mesma montanha alta e azul. Mas nenhuma luz. Nenhum fogão ou lamparina acesos. Antes de fugir, a maioria das famílias enterrava seus pertences para que os soldados não ficassem com nada. Já haviam lhes tirado o suficiente. Sabiam que imediatamente saqueavam as casas que ficavam vazias: quebravam o fogão, arrancavam portas, janelas e lâmpadas. Procuravam comida e roupa.

Havia sido assim durante a Guerra Velha. Naquela época, as mulheres se arrastavam de joelhos diante dos soldados. Rezavam, choravam e suplicavam para que não levassem seus filhos. Mas os fardados os raptavam, agarravam-nos pelo braço e os levavam ao caminhão. E elas nunca mais voltavam a saber dos pequenos. O mesmo acontecia com a presença do exército de Xicrinha, sem nenhuma diferença, a história se repetia naquela cidadezinha que se esquecia de seu passado.

— Quantas famílias sobreviverão? — sussurrou a anciã. — Por que não fomos embora quando começaram a aparecer os primeiros emplumados? Como fui teimosa… É o amor por este povoado de pássaros que me deu tudo.

Do Bosque Azul, chegou um estrondo, como se alguém rasgasse o céu. Eliécer já sabia que aquele era o som das rajadas de metralhadora ao longe. Tinha a sensação de que a luz da Lua era intensa, muito intensa, como o medo. E se os soldados entrassem em sua casa? E se pudessem sentir o cheiro do medo? E se o levassem? Às vezes o eco trazia os gritos de pessoas desesperadas.

— Os ecos deveriam ser mudos — sentenciou Eliécer.

— Estamos ficando loucos — sugeriu Helena.

— A guerra é coisa dos homens, foram eles que a inventaram. Ninguém mais. Ah! — suspirou Mãe Carmen. — Não me venham falar de disparos, de prantos. Não entendo essa linguagem. Eu sei de pássaros e voos.

De um canto, Eliécer olhava sua avó, que estava sentada em sua cadeira de balanço de vime.

— Vem aqui — disse-lhe ela com a cabeça.

O menino foi engatinhando até onde estava a anciã. O cachorro o seguiu. Eliécer tinha medo, sentou-se junto a ela e a abraçou. Fez carinho no cabelo, que agora estava completamente branco. Ela não o tingia mais.

— Vá com a Helena, meu amor. Ficará seguro lá. Não se preocupe, em breve estaremos juntos de novo. Prometo.

O menino ficou em dúvida por um momento, mas logo fez que sim com a cabeça e agarrou-se ao seu peito. Ela começou a cantar, e desta vez, a voz da avó o fez dormir.

Tio Eduardo ouviu umas batidas e espontaneamente desviou o olhar para as persianas. Naquele meio-dia, ainda não havia caído nenhum pássaro em seu dormitório, apesar de os soldados terem disparado para o céu sem falhar, como haviam feito nas duas últimas semanas. A persiana continuava quebrada. Para que consertá-la enquanto não acabasse aquela chuva de pássaros que tanto o irritava? Ouviu uma batida na porta. Abotoou a camisa. A Pomba 8 voou até seu ombro. Atravessou a sala e, quando abriu a porta da cozinha, encontrou F, taciturno, com os olhos sem brilho, horrorizado, com uma ave nas mãos.

Tio Eduardo percebeu que estava morrendo de terror. Era Turuleta. Havia saído com as pombas para levar cartas. Não dava para saber quais tinham morrido e quais não. Tentavam, ao que parece, voltar ao pombal.

— Como ela sobreviveu todo esse tempo lá fora? — questionou-se o tio.

— Se lhe dermos um pouco de água e a colocarmos embaixo de uma totuma, tenho certeza de que ficará bem — acrescentou F, convencido, entregou-a e saiu pegar água para banhar a ave agonizante. Quando regressou, o tio estava sentado na cadeira de balanço, ninando a pomba.

As lágrimas não estavam escorrendo pelo rosto do tio porque não dava para ouvir nem um soluço. As lágrimas não poderiam estar escorrendo pelo rosto do tio com a Turuleta olhando para ele. Não, não estava chorando, mas F sabia que estava destroçado.

O tio submergiu Turuleta na água e depois a sacudiu. F viu que havia piedade e carinho em sua maneira de cuidar da pomba.

— Gosto dos pássaros, gosto das pombas — disse de maneira suave, mas afirmativa. — Gostava das borboletas-azuis, também da vida...

Os dois ficaram calados.

— Foi culpa do seu avô e minha — baixou a cabeça. — Essa vontade de fazer o bem...

Um instante depois, o tio se deu conta de que aquele corpo indefeso havia deixado de pulsar.

— Ah, Turuleta, perdão — murmurou, e a colocou em um saco onde antes havia milho e agora estava cheio de pássaros mortos. — Vamos, preciso mostrar uma coisa para você e para o Enrique. — E espantou uma nuvem de moscas que passou na frente de seus olhos.

Barbascal estava tomado por um mau cheiro e muitas moscas, assim como Gansanares. Só que agora ninguém passava cola nas janelas, e as moscas se chocavam contra o rosto dos habitantes do povoado.

Quando o tio e F entraram no quarto do avô, viram que havia colocado os tampões nos ouvidos e estava virado para um canto. O tio o sacudiu suavemente.

— Enrique, sei que está acordado. Preciso lhe mostrar algo.

O avô não disse nada e se cobriu com o lençol até o queixo.

— Vamos, Enrique — insistiu, — preciso que F e você vejam algo importante. Pode ser que isso faça com que todos nos sintamos melhor.

Em meio à dor das feridas, que ainda não saravam, o avô se levantou e seguiu o irmão, apoiado em seu ombro. Pararam no corredor.

— Esperem — ordenou o tio, e lhes entregou seus guarda-chuvas. — Talvez precisem deles aqui dentro. — Abriu lentamente a porta de seu quarto. — Entrem.

Uma lamparina estava acesa. *Ruu, ruu!*, ouviu-se. O quarto do tio começou a ser preenchido por um arrulho. E assim como no primeiro dia quando F chegou à casa do avô, saíram várias pombas de debaixo de uma mesa. De um par de sapatos, saíram outras cabeças, e começaram a caminhar e voar por cima da cama.

— Alcahueta? Você está viva! — exclamou F, e engoliu o grito.

Não podia acreditar. Abraçou-a tão forte que quase arrancou o milho que ela tinha no papo.

O avô começou a chorar.

— Não as enviei todas — explicou o tio.

Os três sentaram-se na cama com os guarda-chuvas abertos. Eram aproximadamente cem aves.

— Não as poria em risco. Só a metade voou. Imaginei a maldade do comandante. Conheço o coração da guerra.

Os dois anciãos se abraçaram, e F foi ao seu quarto com Alcahueta. Abriu a mesinha de cabeceira. Precisava urgentemente escrever uma carta aos seus pais para que tivessem notícias, mas não abririam a escola enquanto o exército de Xicrinha estivesse em Barbascal. Queria amarrar nas patinhas de Alcahueta as coisas mais incríveis que recolhera para enviá-las a eles: feijões, penas, favos de mel… um monte de maravilhas. Pegou um fósforo e começou a queimar a pena de um sanhaço. Decidiu que destruiria cada objeto que havia recolhido no povoado para que seus pais entendessem que as coisas não andavam bem. Talvez ninguém soubesse que aquele exército estava em Barbascal. Sua missão era enviar sua pomba às escondidas do tio, do avô e de Xicrinha. Fácil assim.

Ou era o que pensava.

●

Da janela de F viam-se os estragos da guerra. Por algum motivo, tudo acontecia em silêncio. Ninguém falava. Ou era o que parecia a F. De repente, ouviu o ulular de uma coruja no quintal de sua casa, mas não nas goiabeiras, senão na parte de baixo. Estaria ferida? Caída no mato alto? Apertou os olhos, e lá, agachados debaixo de uma goiabeira, estavam Felipe e Eliécer.

Uh-uh! Uh-uh!, fez Felipe com as mãos em forma de concha na boca.

Eliécer e Felipe haviam atravessado os quintais de suas casas para chegar até a de Seu Enrique. Queriam se despedir de F antes de se mudarem para o hospital.

F lhes contou que queria enviar Alcahueta com sua tinta invisível. Nenhum deles sabia que a tinta invisível eram os objetos.

— Mas você já consegue escrever para seus pais? — perguntou Eliécer.

— Claro que não!

Felipe removeu uma pedra do quintal.

— Será às escondidas?

— Claro que sim!

— Claro que não, claro que sim — imitou-o Eliécer.

— Preciso que me ajudem antes de irem embora. Temos que avisar meus pais sobre o que está acontecendo. Talvez eles possam fazer algo.

— Pode deixar, amanhã enviaremos a pomba antes de sairmos — propôs Eliécer. — Vamos à noite para o Hospital de Pássaros.

Ouviram disparos.

Os três se olharam, assustados.

— Não quero ir à guerra — confessou F com a voz trêmula.

— Eu também não — concordou Felipe, e depois de tal desabafo, colocou as mãos nos bolsos da bermuda, apertou os lábios e a pena do sabiá-de-óculos.

— Acho melhor ir para casa — falou Felipe.

— Tudo isto aqui está me dando calafrios — acrescentou Eliécer.

— Acho bom eu entrar em casa também — informou F, sem se esquecer da proposta de enviar Alcahueta. — A gente se vê amanhã no fim da tarde?

Ambos disseram que sim.

Do céu, começaram a cair andorinhas. Uma, depois outra e mais uma.

Terceira parte

[Um céu vazio, um povoado vazio]

A gaiola se transformou em pássaro.

Alejandra Pizarnik

8 Urutau ou ave-fantasma

Perante um perigo, quase todas as aves preferem fugir a lutar, mas algumas desenvolveram maneiras engenhosas de se defender e escapar de seus predadores. O que mais chama a atenção na ave-fantasma é sua aparência peculiar. Sua plumagem tem uma gama de cores predominantes: marrom e cinza, o que lhe permite camuflar-se entre os troncos e galhos secos das árvores. É de tamanho médio e se parece com as águias, por causa do bico e das garras. Seus olhos são salientes e amarelos, às vezes podem ser alaranjados e resplandecem na escuridão, como se fossem duas lâmpadas. Como os olhos de um fantasma.

F PASSOU A NOITE PENSANDO em como tirar Alcahueta do pombal, sem que o tio nem o avô percebessem, e lançá-la do quintal da casa. Ela já sabia chegar a Gansanares.

Na estante, estavam os tubos anelares que o avô usava para mostrar aos clientes que suas pombas não levavam más notícias. Pegou um, o mesmo que o avô disse que tinha *Boas notícias* gravado nele. Era leve, como os que sempre usavam. Decidiu pegar esse tubo porque não queria subir ao pombal, mas sentiu um impulso, um quê de curiosidade. Levantou o outro tubo e se surpreendeu quando descobriu que era muito pesado. Se para ele era difícil levantá-lo, para uma pomba seria muito mais.

Esse era o truque do avô!

Ao cair da tarde, saiu ao quintal com Alcahueta sob sua camiseta. Encontrou-se com Felipe. Eliécer ainda não chegara, o que era estranho, mas não disseram nada nem tinham tempo de ir buscá-lo. Felipe segurou a pomba enquanto F colocava o tubo anelar em sua patinha.

— O que você escreveu? — perguntou Felipe.

— Escrevi a eles a palavra *perigo*.

Na verdade, havia colocado no tubo várias penas queimadas e um de seus desenhos rasgados. Tinha certeza de que seus pais entenderiam a mensagem. Naquele momento, houve um estrondo enorme, Alcahueta voou das mãos de Felipe e por sorte regressou ao pombal do avô. O tubo caiu na grama, e o conteúdo ficou espalhado. Ofuscado e zonzo, F permaneceu deitado, sacudindo a cabeça para buscar o equilíbrio e batendo nos ouvidos para que o zumbido cessasse. Estava indo buscar sua tinta invisível, quando ouviu a voz de Felipe:

— F, venha, corra!

Levantou a cabeça e ouviu que alguns soldados estavam vindo. Ficou congelado.

— Vem, F, não fique aí parado! — gritava Felipe. — Corra! Você não consegue?

F permaneceu pasmado, tremendo, como se estivesse derretendo.

— Traga a tinta invisível! — berrou Felipe. — Traga logo, está esperando o quê?

Correu até o amigo o mais rápido que suas pernas conseguiram. Os homens estavam se aproximando, podiam ouvi-los. A porta da cozinha do avô, que dava para o quintal, continuava entreaberta.

— Vamos entrar — disse F.

Felipe permaneceu calado.

Olhou para sua casa, que parecia estar muito longe.

— Vamos, está esperando o quê? — gritou F. — Quer ir com eles?

— Mas seu tio…

Nem mesmo deixou que terminasse e lhe deu um empurrão porta adentro.

Tio Eduardo estava na sala, assustado com a explosão recente. Tudo indicava que haviam colocado um explosivo num celeiro. O avô também ouviu, mas não quis se levantar. Havia dias em que a infecção das feridas lhe causava febre, e esta, por sua vez, lhe dava calafrios e dor de cabeça. O tio olhou para eles de cima a baixo e percebeu que não conseguia conter o tremor das mãos, que todo seu corpo tremia e que por sua coluna vertebral escorria lentamente um fio de suor gelado. Sentia uma forte distensão na barriga, e um barulho, que parecia a nota grave de um órgão, ressoou em suas entranhas. Apoiou as mãos sobre uma mesa de madeira e permaneceu imóvel por um tempo, como se estivesse tentando se camuflar. Depois, disse a Felipe:

— Você está bem, menino?

Felipe não respondeu. Era isso o que Felipe tinha quando reagiu: medo. Medo e um alívio enorme quando respondeu sim à pergunta insistente do tio.

Os dois tremiam. Na realidade, os três: Felipe porque estava perante o Homem-Pomba, o tio porque, depois de muitos anos, alguém de Barbascal o via, e F porque estava proibido de levar alguém para dentro de casa e tinha certeza de que o castigariam.

Felipe não parava de olhar para tio Eduardo, pasmo. Mas o tio nem olhou para F. Nem lhe perguntou como estava.

— O que vocês estavam fazendo lá fora, meninos tolos? É melhor se esconderem um pouco — falou o tio.

Ouviram ao longe que batiam nas portas das casas e gritavam:

— Entreguem os meninos que vocês tiverem e também a comida!

Então o tio caminhou até F e, desta vez, encarou-o com seus olhos vesgos.

— Escondam-se no pombal — ordenou ele.

Os meninos continuaram imóveis.

— Levantem a grade que cobre o piso e enfiem-se ali embaixo. — F puxou a camisa de Felipe, e subiram correndo.

O pombal do avô tinha trezentos ninhos para as pombas. A parte da frente, que dava para a rua, estava cheia de vigas e coberta por uma persiana metálica. Era um pombal bem arejado. O chão era de grades estreitas que serviam para separar as pombas de seus excrementos; havia pelo menos um metro de distância entre o piso e as grades. As pombas estavam trancadas no quarto do avô, menos Alcahueta, que estava num canto, assustada. F a pegou e a colocou em sua caixa; em seguida, fechou o trinco.

— Talvez tenhamos que ficar escondidos aqui por muitos dias, talvez anos — sussurrou F, mas Felipe permaneceu em silêncio; agora olhava para o pombal sem pombas. — A nossa barba vai crescer. A barba do meu vô cresceu até aqui nesses dias que ficou de cama...

— Como a do seu tio Eduardo? — falou, por fim, Felipe.

— Meu tio Eduardo não tem barba; meu tio... — Interrompeu-se, tentando se lembrar.

— Não percebeu que te peguei, F! — exclamou Felipe — Você disse que ele tinha barba de penas...

— Tanto faz, ele se barbeou nesta semana... Também se enche com a barba, ainda mais neste calor. Pode perguntar para ele, se quiser — afirmou F, confiante.

— Vá, continue... imagino que ele também arrancou os dentes amarelos e podres que havia dentro do seu bico de pomba, né? O bico desapareceu como num passe de mágica, certo? E vejo que ele sabe falar muito bem o nosso idioma, e que não arrulha. Ele aprendeu ontem? Continue inventando mentiras descaradas; continue...

F olhou para as mãos, havia sido descoberto. Contara as maiores mentiras, e o outro acreditara nelas to-di-nhas. Entre outras coisas, que por quinze vezes havia pegado um trem sozinho, que havia ido à África, que havia visto um dinossauro, que havia tido uma anaconda como animal de estimação, e o pior, que seu tio Eduardo era um homem-pomba.

— Você está confundindo as coisas — disse F.

— Não estou confundindo nada, só estou repetindo o que você disse. — E ajeitou os óculos.

Isso era verdade.

— Você é um mentiroso, F — quase soluçou. — Nunca mais vou acreditar numa só palavra que disser. Hoje vamos para o Hospital de Pássaros, e minha mãe deve estar preocupada me procurando, e eu aqui, sem poder sair, enfiado nas gaiolas de pombas... E para quê? Para ajudar um mentiroso.

— Calma, Felipe... Você não está ajudando só a mim, mas a todo o povoado. Se enviarmos a tinta invisível, meus pais mandarão ajuda...

— Esqueça de mim, não fale comigo. Você não é mais meu amigo.

— Felipe, precisamos enviar a tinta…

— Por um acaso você acha que eu não sei que a tinta invisível também é outra invenção sua? — interrompeu. — Nesse tubo anelar, havia objetos, coisas, só isso. Nada de cartas.

— Sim, Felipe, contei mentiras — disse F, triste —, mas você também não sabe escrever muito bem. Não havia outra forma de me comunicar. Meus pais me entendem, acreditam em mim. Se eu enviar objetos destruídos, saberão que estamos em perigo.

Naquela noite, quando o tiroteio diminuiu, tio Eduardo indicou-lhes que descessem. Sentaram-se à mesa. Duas xícaras enormes de chocolate com leite. Bolachas numa lata e torradas com queijo branco fresco. Os três comeram em silêncio. Era como se todos houvessem decidido não falar sobre como era estranho estarem ali, juntos, em meio a uma guerra. Em seguida, sem dizer nada, Felipe se levantou da mesa e foi até a porta que ligava os quintais. F o seguiu.

— Tudo de bom para vocês no esconderijo — falou F, mas Felipe não olhou para ele. — Diga ao Eliécer que lhes desejo boa sorte.

Felipe saiu correndo em silêncio, e F ficou pensando em Eliécer, em sua estranha ausência. Era a primeira vez que faltava a um de seus encontros.

Naquela noite, F sonhou que ele e Eliécer haviam visto uma borboleta-azul. Ela voou por trás deles, ao redor deles e depois não a viram mais.

— Acabei de engolir a borboleta, procure-a! — disse Eliécer.

F abriu a boca do amigo com os dedos, Eliécer segurou o pescoço com as mãos e manteve a boca aberta. F olhou lá dentro, no túnel escuro da garganta do amigo.

— Não tem nada — informou F.

— Estou sentindo-a no estômago, ela está se mexendo lá.

F viu os lábios impregnados com o polvilho azul das asas da borboleta. Depois, a viu sair de um arbusto, agitar-se um instante e subir às árvores do Bosque Azul.

— Ali está ela! — disse F.

Eliécer conseguiu ver a borboleta desaparecendo no céu repleto de pássaros e comprovou, com alívio, que voava longe.

— Ela só encostou em sua boca — afirmou F.

Eliécer limpou os lábios com a mão.

— Não, ainda a sinto no estômago, eu a engoli. Há muitas borboletas, olha, engoli uma das tantas.

F espiou novamente a boca de seu amigo. Seus dentes e suas gengivas, sua língua e garganta agora estavam azuis.

— É mesmo — soltou F, surpreendido. — Está todo azul por dentro. Você engoliu a borboleta.

Olharam para o Bosque: as folhas das árvores eram borboletas que o vento balançava. Não tinha como saber que seu sonho era uma premonição.

O HOSPITAL DE PÁSSAROS FUNCIONAVA agora mais do que nunca, mas de forma clandestina. Vá que Xicrinha ordenasse ir lá e levar adiante a tarefa inacabada. Mas Sandra não aguentou mais.

— Bom dia, Helena. Vim me despedir — avisou Sandra.

Usava um chapéu de palha na cabeça, os olhos inchados. Nas mãos, levava uma gaiola de madeira com um corrupião dentro. O animal caíra ferido no primeiro tiroteio contra os pássaros. Estava tão mal, que ela o levara para casa de modo a cuidar dele durante as noites, como fazia com os canários.

Helena recebeu a gaiola.

— Este é o último paciente a quem dou alta hoje.

— Vamos tomar um café, Sandra. Entra. Não entendo, você vai embora mesmo?

— Não tenho muito tempo.

— E sua casa? O que será dela?

— Passei aos cuidados da minha vizinha, caso eu volte. Se bem que talvez ela vá embora também.

— E o hospital? Como ficará?

— Deixe-os trancados até que tudo passe. Mas acredito, Helena, que é melhor vocês também irem embora, que esqueçam os pássaros deste povoado sem futuro.

— Esquecer os pássaros? — Olhou para dentro do hospital. — Não sobraram muitos lá fora. Recolhemos vários, feridos e sãos. — Não pôde evitar a tristeza na voz.

Desejava que Sandra não tivesse ido lá; que não tivesse dito a ela que fosse embora, como todos os que haviam passado pelo lado do hospital.

— Não há o que fazer, Helena. Já fizemos tudo que podíamos — soluçou Sandra, soluçou Helena. — Se a guerra terminar, eu retorno, e voltaremos a encher este povoado com aves, como planejamos. Assim como Noé.

— Que o Céu a escute — desejou Helena, com a gaiola pendurada na mão.

O corrupião brincava de um lado ao outro, pousou na diminuta gangorra de bambu e começou a cantar, mas se calou de imediato. Teria pressentido o propósito de Helena de escondê-lo?

Helena entrou, pôs a gaiola sobre uma mesa e abriu a minúscula porta de bambu.

— Voe aqui dentro, corrupião — sussurrou. — Voe aqui, pois lá fora não conseguirá por muito tempo.

O pássaro ficou quieto diante da porta aberta.

— Não vai voar, é isso? Você vai ver... — O pássaro continuou imóvel.

Agasalhou-o com a mão e o tirou da gaiola. Era um lindo corrupião.

— Está com medo? Vá voar! — E o lançou.

O corrupião, surpreendido, abriu as asas ainda dormentes e, com muito custo, conseguiu amortecer a queda. Logo deu um salto, dois e, por fim, voou.

— Que lindo! — disse uma voz.

Era uma das assistentes que entrava com um cinto de gaiolas cheias de filhotes de calhandras que recolhera em Juancojo.

Sentadas em meio às gaiolas, uma do lado da outra, olharam as aves. O hospital estava cheio delas. A maioria, ferida pelos disparos, estava nas gaiolas. Os poucos que estavam bem, aqueles que haviam sido recolhidos antes de se tornarem alvos do exército, voavam pelo alto edifício.

— Não podemos trazer mais nenhum. — A assistente olhou para Helena, sem entender, e arrumou o chapéu. — Não podemos salvar todos, não há mais espaço.

A assistente fez que sim com a cabeça. Já estava escurecendo, Helena se trocou para buscar Felipe e Eliécer no povoado para escondê-los no hospital naquela noite.

●

O SOL FUGIA DO QUINTAL DA CASA de Mãe Carmen, e as goiabeiras, carregadas de frutas, sobressaíam-se sobre o verde-escuro dos prados.

Mãe Carmen estava procurando goiabas, e para não machucar a árvore com a vara, subiu nela com a ajuda de um banco. Escolhia as frutas com cuidado para pegar só as maduras, amontoando-as em seu avental. Queria que Eliécer as levasse na mala.

Uma voz chamou de longe:

— Senhora!

Ela se virou.

— Como posso ajudar?

O portão de madeira foi aberto; entrou um soldado, caminhando com passos lentos entorpecidos pelo peso de grandes botas pretas. Seus braços, muito compridos, pendiam de ambos os lados do corpo. Passou perto do chiqueiro e, de relance, olhou Margarita, a porca, com uma barriga enorme e as tetas inchadas, que dormia na pocilga com uma infinidade de porquinhos. A ele pareciam muitos, mas, na verdade, eram cinco, que corriam ao redor da mãe com o rabo encaracolado como uma corda. Quando se aproximou da casa, Seu Héctor, deitado na base de um pé de manga, balançou o rabo e em seguida começou a latir. O homem gritou:

— Calem esse cachorro!

O cão, como se tivesse entendido, calou-se.

Mãe Carmen desceu do banco. Seu corpo volumoso estava marcado pelo cinto de lã que lhe apertava a cintura. Uma saia amarela, bastante comprida, chegava até os tornozelos de seus pés descalços.

O homem tirou da mochila que trazia nas costas um caderno e o folheou.

— Senhora Carmen, certo? — perguntou. Ela fez que sim com a cabeça. — Onde está o menino desta casa?

A mulher não respondeu.

— Não me diga que vive sozinha, porque sei que tem um jovenzinho por aqui. Tenho tudo anotado.

A anciã ficou pálida.

— Ele não está — disse Mãe Carmen como pôde, e suas pernas começaram a tremer quando reconheceu Xicrinha em pessoa.

— Ah! Não está? Não perguntei se está, mas onde está. Ou a senhora é surda? — soltou o militar enfurecido, caminhando de um lado para o outro como se fosse um puma enjaulado. — Mostre-me a casa. — Apontou a arma para ela.

Mãe Carmen deixou as goiabas ao lado da porta e caminhou lentamente para a casa.

— O menino não está — gritou para que Eliécer a ouvisse e fugisse. — Não é um jovenzinho, mas uma criança de 11 anos.

— Ande rápido, velha — ordenou Xicrinha, e a empurrou com a mão.

Depois de passar pela cozinha, entraram em um quarto baixo, escuro, iluminado apenas por uma janelinha, diante da qual caía uma cortina da cor de abacate.

Uma respiração intensa lhes anunciou que havia mais alguém. Atrás de um armário, estava Eliécer, agachado, tremendo de medo. O comandante se aproximou.

— E este aqui não é um jovem?

— É uma criança, mesmo que pareça mais velho, já falei — murmurou ela.

O comandante nem a escutou.

Depois de um longo silêncio, Xicrinha gritou:

— Levante-se!

Eliécer abriu os olhos lentamente, mas de imediato o medo se desenhou em seus olhos quando descobriu o homem que o olhava fixamente.

— Levante-se! — repetiu, e Eliécer ficou de pé. — Mas para mim é bem grande. Pode ajudar a carregar lenha, levar um fuzil e atirar. Ande!

Saíram para o quintal.

A anciã pensou durante uns instantes e depois disse:

— É um menino doente. Sofre de asma.

— Não pedi sua opinião. E se está doente, na guerra se curará… ou não.

Helena aproximou-se devagar por meio dos galhos onde se escondera. Apoiada no tronco de uma árvore, viu sua tia. A anciã também a viu, fez sinal para que não fizesse barulho e evitou o olhar triste de sua sobrinha. Ficou ali, imóvel.

Eliécer começou a chorar. Mãe Carmen tentou se aproximar, mas o comandante lhe apontou a arma outra vez.

— Levem-no — ordenou.

— Não! — gritou a senhora. — Não o levem!

Chegaram outros quatro soldados. Um deles agarrou Eliécer pelo braço e perguntou ao outro:

— E por que não emplumamos a velha?

— Não, que medo! — disse o outro em seu ouvido. — Dizem que é bruxa.

Arrastaram Eliécer até a rua, rumo ao caminhão.

Xicrinha pegou uma das goiabas que estavam espalhadas na entrada, limpou-a na camisa e a mordiscou. Olhou a porca novamente e gritou:

— Um para cada um de vocês, eu já peguei o meu. — A porca ficou só.

Xicrinha abriu o portão. Começaram a caminhar; a anciã viu seu neto se afastando, entre os grunhidos dos porquinhos, chorando. Seu Héctor os seguiu. Helena se sentou e esperou em silêncio, preocupada. Teriam pegado Felipe também? Ficou por um momento no matagal da parte de trás até ter certeza de que não havia perigo. Mãe Carmen entrou na cozinha e sentou-se tremendo em sua cadeira de balanço de vime. Não conseguiu segurar o pranto quando se lembrou de que, enquanto colhia as goiabas, vira dois casais de pombas em dois galhos distintos da mesma árvore. Assim que Helena entrou, abriu-se um buraco no peito de Mãe Carmen. Era medo.

— Vamos atrás do meu neto para que o devolvam — propôs a anciã. — Por que permiti que o levassem? Por que o levei à praça? Foi naquele dia que o viram.

Helena sabia que precisava se manter firme e teve que fazer um grande esforço para conseguir. Seu coração esta tomado de ira. E onde estava seu filho?

Mãe Carmen começou a soluçar, e Helena apertou sua mão.

— Ai, meu menino…

Chorou tão desesperadamente, que Helena mal conseguia conter o desejo de trazê-la para si e abraçá-la com força em seus braços. Não o fez, mas se agachou e a olhou nos olhos para deixar escapar as palavras mais suaves que pôde encontrar:

— Vai ficar tudo bem, Mãe Carmen. Com Eliécer, conosco. Acredita em mim?

A anciã fez que sim com a cabeça enquanto secava as lágrimas, mas sabia que não era verdade. Também vira que os pardais que viviam em sua caixa-ninho haviam ido embora. Ficaram abraçadas durante um tempo. Helena lhe deu um beijo na testa e se enfiou na cozinha. Colocou para ferver no fogão umas raízes com rapadura. A anciã tocou o rosto: pensou que suava devido ao calor. Tinha febre, e sua sobrinha sabia disso. Maribelita não a deixou pegar no sono. Ela bicou seu cabelo por algum tempo e se aninhou em seu peito. Alba e Doralba cacarejaram perto dela, como se a consolassem. Helena pôs um emplasto em sua testa e prendeu-o com um pano, da mesma forma que Mãe Carmen fizera muitas vezes com ela e com as crianças da família.

— Agora Felipe precisará ficar mais escondido do que nunca — sussurrou Mãe Carmen, e tomou o chá de rapadura de um totumo que Helena lhe deu; sua voz era dolorida. — Que não o levem também… que não o levem. — E apertou o totumo.

Concentrou-se em sorver a bebida com o olhar perdido.

Na casa vizinha, uma vaca desnutrida mugia. Sua dona não estava, havia ido embora com os filhos, conseguira fugir. Um cachorro também uivava. Ouviam as cigarras ao redor.

Não conseguiu aguentar mais, e a tristeza a sufocou novamente.

Mãe Carmen começou a chorar.

Helena deixou-a chorar.

Felipe não demorou a chegar. Ao ver que sua mãe não vinha, foi logo atravessando os quintais agachado no meio do mato. Helena o abraçou tão forte, que o menino nem precisou perguntar se havia acontecido algo ruim. Quando perguntou por Eliécer, Mãe Carmen escondeu o rosto nas mãos.

— Levaram meu menino. — Irrompeu num soluço. — Levaram ele. Isso não tem perdão do Céu.

Helena e Felipe a abraçaram em silêncio.

Enquanto esperavam o feijão com cidra ficar pronto, Helena deu sopa de arroz às galinhas, às pombas e a Margarita, que procurava seus porquinhos no chiqueiro.

— Deve ser horrível ter um filho roubado — disse à porca, e acariciou sua cabeça.

Felipe procurou a pena do sabiá-de-óculos de Eliécer por baixo e por cima de cada objeto da casa. Em seguida, beberam chá de rapadura em silêncio, sentados ao redor do fogão, aliviados por não terem encontrado a pena.

— Ficará bem — acrescentou Helena.

Depois, serviu feijão para os três.

— Precisa comer, Mãe...

— Não sei o que está me dizendo, mulher, não tenho um pingo de apetite.

Os óculos de Felipe se embaçavam a cada instante pelo calor, então ele os tirava e os limpava com a camisa, e observava Mãe Carmen, que mantinha os olhos fixos no céu que se infiltrava por uma janelinha.

— Fazíamos adivinhações de muitas maneiras, mas sempre com as aves — ouviram a anciã dizer depois de estar calada por um tempo. — Sua mãe, Helena, gostava de fazer adivinhações na água, na lagoa, mas sempre com a presença de seus marrecos. Levava umas velas e as aves sob seu chapéu. Lançava a cera na água. Se flutuasse, a boa sorte não estava longe, mas se afundasse, teria dificuldades naquele ano. Plantava hibiscos ao redor da lagoa. Fazia um círculo e, ao entardecer, gritava: sorte, sorte, venha a mim.

Helena sorriu, e a anciã continuou:

— Sim, ela também gostava de fazer adivinhações nas sombras. As sombras das velas na parede. Caso se movessem bastante, haveria boas mudanças, mas se ficassem estáticas, a vida obrigaria você a se mexer. Uma noite, a vela não quis acender, achamos que os fósforos estavam podres, nenhum pegava. O que ela não havia notado era que seus marrecos não estavam na lagoa, tinham fugido. Naquela noite, ela não abriu mais os olhos. Você se lembra? Claro que você se lembra, Helena. E os marrecos nunca mais voltaram. E se lembra da Rosa, minha filha, a mãe de Eliécer? Ela lia o futuro na fumaça do fogão, mas sem aves. Nunca quis aprender a ornitomancia, foi a única da família que não quis saber de pássaros. Dizia que qualquer que fosse a direção da fumaça, era para lá que deveria empreender o caminho. Ela foi embora e não voltou.

Helena ficou em silêncio.

— Onde se esconde sua sorte? Onde está minha fortuna? — continuou Mãe Carmen. — Fazíamos adivinhações de muitas maneiras, mas quase sempre com pássaros. Aprendi com eles, como sua bisavó e sua tataravó nos haviam ensinado. Aprendi que se as cabeças-secas iam embora rápido, era porque estava chegando o frio. E que é preciso agradecer-lhes quando voltam ao seu ninho, pois essa ave nos protege dos incêndios e traz de volta nossos amados. Chamamos a cabeça-seca assim: *kle, kle, kle*. Venha, avezinha, e que venham os meus amados. Ai, que vontade de que meus amados voltem! Rosa nunca voltou. Ah! E também pedimos à cabeça-seca por amor, harmonia e para que as crianças cresçam com saúde. O quer que eu lhe conte, querida? Nossas raízes abandonam sua terra. Neste bosque, se instalaram nossas avós, bisavós e tataravós, que revezaram, durante anos, cuidando das borboletas-azuis, e depois, das aves; borboletas e aves, as filhas do céu. Mas agora chegou a desgraça: nos expulsam de nossa terra, as pessoas vão embora.

Os dois continuavam em silêncio, escutando Mãe Carmen. Felipe chorava abraçado à sua mãe.

— Eu achava que sabia tudo, minha filha, mas me enganei. Ai, Eliécer, com que passarinhos você virá voando de onde estiver? Com os udus-de-coroa-azul ou com os beija-flores? Para que viver sem você? Veja que tempos estes, Helena. O Céu nos enviou um sinal. No dia em que chegaram esses homens a Barbascal, sonhei com taperuçus-de-coleira-branca. Vi muitos, muitos deles que voavam em desordem. E quando sonhamos com essa ave, é porque haverá morte e dor. O Céu nos enviou o sinal, e eu não soube entender. — E continuou chorando.

— Mãe Carmen, por que a senhora não vai embora com a gente? — perguntou Helena. — Felipe e eu iremos ao hospital. Podemos ficar lá, nós três. Eu suplico, já está tudo pronto. Iremos devagar, vou procurar um caminho menos íngreme, como os do Bosque Azul, onde a senhora caminha sem dificuldade.

— É claro que não vou embora! Não vou embora! — gritou e foi para seu quarto, fechou a porta e lá ficou, de pé, com a testa apoiada contra a madeira, ouvindo como Helena e Felipe imploravam para que ela fosse com eles. Uma hora, duas... Então, eles partiram.

O cacarejar de Maribelita a encorajou a sair. Com a galinha, estavam Alba e Doralba. Não havia ninguém na casa. Que horas eram? Quase meia-noite.

— Preciso me lembrar de lhes dar de comer.

Aproximou-se do fogão onde Helena havia deixado a panela com feijão, pegou-a, tirou a tampa e colocou-a sobre a mesa da sala de jantar.

— Comam, queridas — disse ela. E criou-se uma algazarra de galinhas e pombas, de bicos e penas brigando pelos feijões. Foi até a entrada da casa e ali afundou-se numa cadeira. Da bolsa que nunca largava, sacou dois punhados de grãos e os pôs no chão.

— Vai voltar? — perguntou ao destino.

Viu de longe que Maribelita se aproximava correndo. Não era correto ler o futuro para si mesma. Então desfez rapidamente os montinhos com o pé.

Nesse momento, apareceu a professora Alicia com Agustín em seu ombro. Abraçou Mãe Carmen por um longo tempo. Depois, comeram juntas um doce de goiaba que a professora havia levado.

— Sei o que está sentindo — disse Dona Alicia. — Meu filho... — E ficou calada, assim como Mãe Carmen. — Venho em busca de sua ajuda. O que faço? Como posso salvar os outros meninos?

Mãe Carmen enfiou a mão na bolsa.

— Não posso fazer muito — falou, e lhe entregou um monte de penas que, segundo ela, atraíam boa sorte. — Não posso fazer muito — repetiu, e trancou-se na casa sem dizer mais nada.

9 Pica-pau

Bbrbrbrbrbrbbrbr.

Às vezes não sabemos de onde vem o ruído seco e repetitivo muito parecido ao do bater de um martelo. Mas é que existe uma espécie de passarinho com bico forte que perfura as árvores grossas e batuca nelas para escavar seus próprios ninhos, onde viverão uma temporada. Quando os ninhos são abandonados pelos pica-paus, são usados por outras aves e animais que não têm refúgio ou que fogem de seus predadores. A língua de um pica-pau é tão comprida, que dá voltas em seu crânio para proteger o cérebro enquanto bica a árvore. Eles não fabricam camas nem guarda-roupas*.

---

* A autora tece uma ironia a partir do nome em espanhol do pássaro, conhecido como "carpintero" (marceneiro). [N da E]

Do pombal, F viu que algumas pessoas caminhavam até a casa da Mãe Carmen.

— Levaram o Eliécer — avisou o tio, sem hesitar.

E F sentiu o medo como se fosse a fome. Quem o levou? Os Pantaneiros, é claro. Por que o levaram? Não tinha 13 anos, mas parecia ter. Aonde o levaram? À guerra. Quando voltaria? Talvez nunca. Levaram-no para que fizesse chover pássaros ao meio-dia.

Fazia calor. Muito. F apertou os dentes com força e tentou não pensar no amigo. Agora pensava em Felipe. Talvez já soubesse e sentia medo. E muita tristeza. Queria vê-lo, mas certamente já estava escondido no Hospital de Pássaros e permanecia furioso com ele por suas mentiras. Ele também sentia medo, sentia-se só.

Sentou-se no chão, num canto do pombal, com o queixo apoiado nos joelhos. Desta vez, tio Eduardo o olhou de uma maneira diferente. Seu olhar o envolveu como um abraço. E F também ficou o olhando. Ele o imaginou aos 13 anos, matando borboletas. Não, ele não tinha cara de quem matava borboletas. Ele não teria feito aquilo por vontade própria, haviam-no obrigado. A guerra o havia obrigado.

— O Elié...? — tentou dizer F, mas a voz falhou.

O tio se sentou ao seu lado. Puxou-o para si. Envolveu-o em seus braços.

— O Eliécer — confirmou o tio.

Abraçou-o, e choraram. Não era um pranto gritado. Era algo potente, que deixava cair lágrimas enquanto buscavam forças para resistir.

Naquela noite, bateram à porta da cozinha que dava para o quintal. O tio fez sinal para que F a abrisse, como se soubesse quem batia. F achou estranho. Sempre que tocavam a campainha ou batiam à porta, ninguém abria, mas se escondiam. Parecia que a casa estava vazia. F olhou por uma fresta e demorou até reconhecer que a senhora maltrapilha que estava à porta era a professora Alicia. Tinha o semblante cansado e nervoso. Abriu, e ela o abraçou.

— F, querido, como está? Deixe-nos entrar, por favor. Com licença, temos pressa.

O menino viu que Agustín não estava em seu ombro e ficou reparando em seu aspecto.

— Já vai entender, querido. Já vai entender.

Atrás dela estava Tatiana.

— Tatiana! — cumprimentou-a, mas ela não respondeu.

Ela trazia uma bolsa e abraçava uma boneca chamuscada, como se a houvesse resgatado de alguma explosão.

— Veio se despedir? Também vai embora?

— Não, viemos nos esconder.

Em seguida, apareceram mais crianças. Gustavo, Alcides, Camilo, Julia, Sergio. Vinte e dois, informou a professora. Todos com mochilas. Dona Alicia os fez entrar rapidamente e fechou a porta.

— E Felipe, cadê ele? — perguntou F ao ver que não estava no grupo de visitantes. — Eles o levaram também?

Havia tentado descobrir através das janelas o que acontecera a seu amigo, pois nem o tio nem o avô tinham respostas sobre ele, mas depois não o deixaram olhar mais.

— Ninguém sabe dele, nem de sua mãe — respondeu a professora com a voz trêmula. — Foram vistos saindo de casa com umas malas na mesma noite em que levaram Eliécer. Mas não sabemos… — Os olhos de F se cristalizaram, a professora fez uma pausa e colocou a mão em seu ombro. — Torcemos para que esteja bem. Com certeza conseguiram fugir. Vamos, meninos, andem — disse num tom enérgico. Conduziu-os até a sala e assegurou-se de que as janelas estivessem bem fechadas.

F estava paralisado. O tio sabia dessa visita? Agora pensaria que ele os havia convidado e ficaria bravo. Deu meia-volta para procurar o tio com o olhar. Segundos depois, apareceu pálido. Havia lavado o rosto e penteado o cabelo. Trazia cheiro de colônia e continuava usando o chapéu, mesmo que não houvesse mais chuva de cocô de pombas dentro de casa. Em seus ombros estavam Nidia Amparo e a Pomba 8, ambas acordadas.

Os meninos o olharam assustados.

— O senhor é o Homem-Pom…? — perguntou Tatiana.

— Meu nome é Eduardo — disse ele. — E não se preocupem, pois mesmo que não haja muito o que comer, vocês não serão meu jantar — tentou sorrir.

As crianças fizeram o mesmo: tentaram sorrir. Mas não tiravam os olhos dele. Tatiana olhava suas orelhas. As pombas não tinham orelhas, ou tinham? Viram que a barba estava crescendo, mas não era de penas. E também que não tinha bico de pomba, mas uma boca comum, embora com poucos dentes.

O tio viu que, apesar da escassa luz, olhavam seu rosto com cuidado. Então, tirou o chapéu, arrumou os cabelos e o pôs novamente. Penteou a barba com a mão, tentou sorrir.

As crianças olharam sua roupa. Seu corpo não estava coberto de penas. Vestia-se como os homens da cidade: calça e camisa de manga comprida, sapatos bem lustrados. F olhou para os seus também. Havia lustrado os sapatos para receber as visitas?

O tio sorriu mais uma vez, um pouco incomodado. Por que o olhavam tanto? Ah! A roupa amassada.

— Não tenho tido tempo de passar — desculpou-se, e tratou de alisar os vincos da camisa com as mãos.

— Senhor, tem certeza de que é o Homem-Pomba...? — perguntou mais uma vez Tatiana.

É que ao vê-lo tão velho, tão magro, tão narigudo e tão sem dentes, Tatiana e as outras crianças se perguntavam como poderiam ter medo dele.

— Tatiana! — repreendeu a professora. — Mais respeito, por favor.

— Dona Alicia — tentou explicar a menina —, é que ele não se parece com o que F nos contou sobre o tio monstruoso e malvado.

Todos olharam para F, e ele abaixou a cabeça. Como não havia pensado nisso? Eles, incluindo seu tio, acabavam de descobrir também sua mentira.

— Ou o senhor se transforma em pomba em determinado horário? — insistiu a menina.

— Basta, Tatiana! — suplicou a professora, e bateu no chão com sua bengala.

O tio sorriu e olhou para F, que estava num canto, envergonhado, com vontade de se esconder atrás de uma mesa.

— Em horário nenhum, querida. Não me transformo mais no horroroso tio de F. — O menino corou e pediu perdão com os olhos. — Com a velhice, perdi meus poderes — acrescentou, e deu uma piscadinha ao sobrinho.

— Ah, que pena! — disse Tatiana, e abraçou sua boneca. — Na verdade, eu nunca tive medo do senhor.

— Nem eu — falou Alcides.

— Bom, crianças, vamos, o que estão esperando? — interrompeu a professora. — Como expliquei, estarão mais seguros aqui. Sigam-me.

Subiram ao pombal. Um fedor penetrou suas narinas quando se sentaram no chão repleto de almofadas. Por mais que as mensageiras estivessem no quarto do tio e ele, com a ajuda de F, tivesse limpado o lugar algumas vezes, o mau cheiro de umidade, mofo e excremento de pomba continuava forte no ar que respiravam.

Apesar das grandes dúvidas que suscitava a idoneidade do refúgio, pois a casa era uma passagem obrigatória dos soldados, o local também garantia que saberiam em primeira mão o que ocorria com a tropa. E o mais importante era que contavam com um pombal com piso falso e de grande profundidade, caso algum dia, como haviam feito em outras casas, derrubassem a porta e entrassem para vasculhar. Ali se espremeram junto à professora, ombro a ombro. Comeram bolachas e beberam achocolatado que o tio levou em bandejas.

F sentou-se ao lado de Tatiana, que não soltava sua boneca.

— Todos estão com um medo aterrador — disse F. — É do meu tio?

— É de Xicrinha. Quase todos nossos pais foram emplumados. Estão em suas casas, recuperando-se. Os meus estão bem, mas quiseram me proteger. Dizem que também estão levando as meninas. Seu tio não dá medo...

— Mas tudo o que dizem sobre meu tio é mentira.

— Sim, eu sei. A professora nos contou que ele não virá em nenhum momento com garfo e faca para nos devorar. Ela nos contou que ele foi soldado, mas que é um bom homem.

— Como vocês chegaram até aqui?

— Atravessando os quintais, agachados e em silêncio. Esperamos até escurecer, até que a tropa estivesse ocupada se preparando para sair nos caminhões em busca de crianças de outros povoados.

— Não, quero saber por que decidiram se esconder aqui.

Tatiana contou que a professora havia deixado uma carta para o tio Eduardo por baixo da porta fazendo a proposta, e que no dia seguinte ele respondeu que podia contar com ele, pois Os Pantaneiros não voltariam a esta casa visto que não sabiam da existência do tio nem do menino. No povoado, havia rumores de que Seu Enrique havia morrido depois de ter sido emplumado por desobedecer ao comandante.

— Sim, quase morreu — concordou F. — Mas já está melhor.

Tatiana sorriu.

— De início, nenhum pai queria que viéssemos, mas a professora os convenceu a nos escondermos com ela no pombal. Seja como for, é o Homem-Pomba quem, afinal, está nos salvando.

Contou também que a professora deixara de usar seus vestidos brilhantes e seus chapéus com flores de crochê e os trocara por farrapos para ir de casa em casa, fingindo ser uma mendiga que pedia comida e, assim, descobrir quem ainda estava no povoado. Os soldados começaram a observá-la com muita atenção, pois ia e vinha pelas ruas sem se preocupar com os toques de recolher, os disparos nem as advertências. Em certo momento, o próprio comandante a deteve e perguntou que diabos estava fazendo, por que desobedecia suas ordens. Apontando a orelha direita, ela disse:

— O que disse, senhor? Sou surda como uma pedra! Não consigo ouvir nada!

Xicrinha perdeu todo interesse nela, e os soldados também. Na verdade, a professora havia começado a estudar um pouco o comportamento da tropa e a perambular pela cidadezinha em busca de crianças. Quando achou ter um número considerável, levou-as ao correio de pombas numa hora precisa.

Era justamente o momento em que a tropa se preparava para sair para outro povoado. Ela sabia que enquanto se reuniam no Bosque Azul para repassar as estratégias, Barbascal ficava quase sem vigilância.

— A professora está nos salvando — afirmou Tatiana. — E o Homem-Pomba também.

F sorriu.

Naquele instante, algo rugiu feito um trovão. Ouviram o *ra-ta-taá* de tiros e os motores dos caminhões do exército acelerando e desacelerando.

— Vão chegar tarde — disse a professora assim que ouviu os caminhões se afastando.

A professora saiu para ir à escola. Disse que traria um de seus louros e daria comida para os outros; também que buscaria mais alimentos, pois certamente ficariam várias semanas escondidos no pombal. As crianças permaneceram espremidas, em silêncio, sem dormir, esperando-a. Não paravam de olhar para os olhos de tio Eduardo, que cintilavam na escuridão. Era a primeira noite que passavam fora de casa.

Ao amanhecer, a professora os despertou. Ela e o tio haviam levado torradas, ovos fritos de pomba e achocolatado. Ali mesmo, comeram com pressa, e a professora deu a cada um a pena de algum pássaro protetor.

Na segunda noite no pombal, as crianças estavam desesperadas. Algumas fechavam os olhos com força e voltavam a abri-los. F permanecia completamente rígido, fingindo despreocupação, alongando os músculos para combater a tensão. Braços e cotovelos lutando para encontrar espaço. As lágrimas enchiam os olhos de outras, e o odor do bafo noturno, do suor e da roupa suja se misturava com o odor das pombas.

A professora ficou ao lado da janela para espiar. Achava estranho que os caminhões não houvessem regressado. Será que o pelotão havia deixado Barbascal?

De repente, Tatiana disse:

— Pode nos contar sobre quando se transformava em pomba, Senhor Pomba?

A professora saiu de seu posto, e o tio sentou-se ao lado de F. Explicou sobre como as asas saíam das costas e como as pernas se transformavam em patinhas curtas e finas com apenas quatro dedos. Narrou como iniciava o voo fazendo movimentos enérgicos das asas para elevar-se do telhado da casa. Em seguida, já no ar, batia as asas de cima para baixo para sustentar-se lá encima ou para mudar de altitude, de velocidade e para conseguir manobrar.

— Caramba! — exclamaram alguns.

Disse que do que mais gostava era de sobrevoar a igreja e os telhados das casas e sentir o vento passando pelas penas de suas asas. Na metade da história, Nidia Amparo tentou subir ao seu ombro, errou o cálculo e derrubou-lhe o chapéu; as crianças deram risada da pomba vesga. Com um gesto, o tio indicou a F que o guardasse, e o menino se sentiu feliz com isso, pois assim todos se lembrariam de que ele era seu tio, seu tio-pomba. Muitos começaram a pedir para trocar de lugar para ficarem um pouquinho ao seu lado, como uma maneira de aliviar o cansaço provocado por tanta imobilidade. A verdade era que queriam olhá-lo de perto e descobrir algo que indicasse que ele havia sido uma ave gigante. Alguns, os mais ousados, tocaram-no com o indicador.

— Ah! — acrescentou o tio. — Quando regressava do voo, o que mais gostava era de comer um prato de milho, mas não cru, como comem as pombas comuns. Não, senhores, nada disso. Gostava dos grãos esponjosos, brancos e caramelados.

— Já sei! — soltou Tatiana. — Pipoca! Também adoro. — Os demais ficaram com água na boca.

De uma hora para outra, começaram a ouvir de novo os disparos ao ar. A professora se afastou, mas ficou ao lado da janela. O tio abraçou as crianças para tranquilizá-las.

Xicrinha e Cacau haviam voltado com os soldados, mas não nos caminhões. Disparavam ao ar, mas de uma forma menos efusiva.

— Estão celebrando? — perguntou o tio.

— Não — respondeu a professora. — Aconteceu alguma coisa. Esses disparos são diferentes. Sempre soltam rajadas a partir do mesmo lugar, assim que descem dos caminhões; ficam disparando por um tempo, riem, gabam-se da vitória e dizem o número de crianças recrutadas. Em seguida, sobem nos caminhões e, sem disparar, vão para o bosque com seu novo espólio.

— Agora parece que estão disparando enquanto avançam — interrompeu o tio.

— Não querem que as pessoas que estão escondidas vejam nada — sentenciou a professora, e espiou com cuidado quando ouviu que passavam na frente. Ao se virar, não pôde conter um gesto que o tio não soube se era de medo ou uma ponta de satisfação.

— Estão feridos. — Fez uma pausa. — Muito feridos. Uns ajudam os outros a caminhar.

●

F viu que Alcides não soltava o relógio de seu pai, que já não marcava as horas; Tatiana apertava a boneca que havia resgatado da casa incendiada dos avós; Gustavo segurava um chaveiro sem chaves da porta de sua casa, que Os Pantaneiros haviam derrubado quando procuravam comida; Julia, um espelho quebrado de sua mãe, no qual, contou ela, se olhava todas as manhãs. Havia lápis sem ponta, pentes queimados, pedaços de tecido de guarda-chuvas, colheres dobradas; todos eles objetos que narravam a incerteza e a tristeza. Cada um os abraçava, os olhava.

F lhes contou, então, sobre sua tinta invisível e que o tio ainda tinha pombas trancadas.

O tio ficou pensativo, sem entender.

— Tinta invisível? — questionou a professora. — O que é isso, querido? Explique melhor, pois não entendi.

Todos ficaram olhando quando ele chegou com a gaveta onde guardava os objetos recolhidos em Barbascal.

Foi tirando cada um deles e colocando-os ao lado do tio. A pena queimada de um pica-pau, uma folha destroçada, um botão mordido, um favo de mel pisoteado. Ele não sabia como explicar, mas o tio logo entendeu que não seriam as cartas que os salvariam, mas o modo como F contava essa história: com sua tinta invisível.

— Claro! — quase gritou o tio, e começou a caminhar pelo pombal como se estivesse engaiolado. Estavam engaiolados, obviamente.

— Se capturarem uma pomba, não vão encontrar uma carta denunciando suas atrocidades, mas um objeto em mau estado. Os soldados não entenderão, mas seus pais, F, sim; Ramiro e as pessoas em Gansanares entenderão. Já devem estar suspeitando de que está acontecendo alguma coisa, e isso será a confirmação. — Quase aplaudiu. — É uma boa ideia. Maluca, mas boa.

Então, F olhou as outras crianças, e elas entenderam: cada uma entregou seu objeto. Contavam com que a tinta invisível funcionasse. Da gaveta, a última coisa que F tirou foi a foto de seus pais, rasgada ao meio. Reservou-a para o tubo de Alcahueta. Em seguida, foram pegar os tubos anelares e enfiaram os objetos. Quando eram muito grandes, os destruíam mais um pouco.

— Tomara que dê certo — disse Tatiana, e F tentou sorrir.

— Agora precisamos soltar as pombas em horas diferentes — disse o tio. — Menos à noite, pois podem se perder.

F não soube dizer em que momento pegou no sono, segurando as mechas de cabelo de seus pais e a pena do sabiá-de-óculos com a qual Mãe Carmen havia lhe presenteado. No dia seguinte, e no seguinte, e no seguinte, e no seguinte e no seguinte, cinco dias no total, cada criança foi pegando uma pomba e soltando-a quando o tio indicava. A professora também colocou no tubo de uma pomba a foto de seu filho Carlos.

— Continuo esperando você aqui — falou ela.

F abraçou Alcahueta, guardou a foto rasgada em seu tubo anelar e lhe deu um beijo na testa, entre os olhos vermelhos.

— Eca! — disseram vários meninos com um gesto de nojo.

— Essas pombas têm piolhos — acusou Julia.

— As pombas são muito asseadas, tomam banho uma vez por ano — informou F, e os demais tiveram que segurar uma gargalhada, mas também beijaram as pombas que estavam por sair.

— Eca! Eca! Eca! — disseram todos, limparam a boca e logo riram.

Na casa, só ficaram a Pomba 8 e Nidia Amparo, nos ombros do tio.

F não conseguia dormir. A ansiedade deixava seus olhos abertos. Saiu do pombal, tentando não despertar seus colegas. Quando entrou no quarto do avô, viu tio Eduardo sentado ao seu lado. Aproximou-se. O avô estava acordado.

— Cada vez melhor — disse o avô quando o menino lhe perguntou como estava. — Hoje conversamos a tarde toda sobre as crianças que estão no pombal, sobre o plano da professora Alicia e o seu. Estou muito feliz por podermos fazer alguma coisa. — F o abraçou.

— Está lendo poemas para ele? — perguntou F quando se levantou e viu que o tio tinha sobre as pernas um livro do avô.

— Às vezes as coisas ridículas salvam — respondeu o tio.

F ficou olhando para ele.

— Você sabe, como a tinta invisível... — Deu uma piscadinha e colocou a mão quentinha sobre sua cabeça.

Você viverá, dizia esse gesto, todos viverão.

O avô os olhou e sorriu.

MÃE CARMEN IA E VINHA PELAS RUAS DO POVOADO como uma alma penada. A esperança de que liberassem seu neto era cada vez mais remota. Na altura da escola, encontrou um grupo de pessoas caminhando em fila, rumo a Juancojo.

Estão deixando Barbascal, pensou. *É o restinho do povoado que vai embora.*

Lentos e capengas, homens e mulheres com crianças nos braços não corriam mais. Eram uma sombra. As mulheres rezavam, um homem ou outro insistia em puxar algum bezerro.

— E a senhora não vai embora, Mãe Carmen?

— Não, eu fico.

— Venha com a gente, não seja teimosa. Encontramos um caminho daquele lado do bosque.

— E como? — indagou, mostrando o inchaço de suas pernas. — Mesmo que quisesse, não conseguiria.

— Logo vão voltar procurando comida, Mãe Carmen. Não diga a ninguém quem a senhora é. Não a reconhecerão. Se disser que adivinha o futuro, a levarão para o Bosque Azul. Eles levam o que acham que pode ser útil. E se virem que não lhes serve, descartam, jogam em alguma vala. É melhor não se arriscar.

Ela não disse nada.

— Nós estamos indo embora, Mãe Carmen, não queremos morrer. O que podemos fazer? Tiraram nossa terra, nossos filhos e até nosso céu. Veja, o céu está claro, dá para ver as nuvens. Este não é o céu de Barbascal. Não tem mais comida para eles nem para nós. Saquearam tudo. Vamos, sua sobrinha deixou orientações sobre como caminhar sem cair nos abismos.

Perguntou sobre ela. Uma mulher meneou a cabeça, com tristeza, e disse que viram seus cintos de gaiolas flutuando na lagoa.

A força das penas perdeu o poder, pensou desolada. *Ou as esqueceram na ânsia de fugir.* E ali ficou, entre a sombra quente das casas abandonadas e das árvores mudas. Ela também muda. E se despediu de todos agitando uma das mãos:

— Eu fico, Santos Céus — disse a si mesma. — Fico porque só aqui posso esperá-lo.

Indo para sua casa, viu que, na praça, alguns soldados queimavam uma embaúba, bem onde ela colocava sua cadeira de balanço de vime. Queimavam-na só para vê-la arder, para ver como as formigas saíam desesperadas. O céu estava vazio. Não havia uma só nuvem. No telhado de uma casa, havia uma mistura de penugens que o vento removia. O monte de penas parecia ser de um urubu. O Sol resplandecia com força. A mulher ficou olhando, mas não via nenhum pássaro no horizonte. Sentiu a profunda tristeza de saber que, apesar de seus esforços, a guerra acabara com sua família.

— O fim está próximo? — indagou.

Isso significava a ausência de pássaros.

Chegou em casa e foi fazer café na cozinha, onde ficou sentada, esperando a água ferver na panela. Ouviu a água ferver e continuou imóvel. A água se evaporou totalmente, a panela queimou. A fina fumaça que se desprendeu do fundo da panela lembrou-lhe a embaúba queimada, sua filha Rosa, e seu estômago se revirou.

— Bem, você não foi capaz de fazer café — disse a si mesma e apagou o fogo. — E o tempo? Quanto tempo passou desde que você não está mais aqui, Eliécer?

10 Galinha

Esta ave tem um bico curto e curvado, asas pequenas, mas abundantes, e pés robustos. Consegue aprender condutas e truques com base nas experiências de outras. É um excelente animal de companhia, pois não é agressivo. Costuma consumir qualquer tipo de alimento sem nenhuma dificuldade, de vegetais e pequenos insetos até restos de comida, ratos e peixes. Graças à capacidade inata que o galo e a galinha têm de anunciar o amanhecer, e ao fato de elas botarem ovos, os ancestrais humanos viam nessas aves a possibilidade de profetizar o futuro.

Mãe Carmen saiu devagar de debaixo dos lençóis antes do amanhecer; havia adormecido com a roupa do corpo. Sentada à beira da cama, sentiu-se ainda mais velha e solitária quando se inclinou e viu os pés sujos e as unhas que se enroscavam como ganchos, como as de aves de rapina; a mesma coisa com as das mãos. É a guerra, disse a si mesma. Sim, era a guerra. Não as cortava desde que seu neto não estava mais ali. Era ele quem fazia isso para que ela não precisasse se agachar, evitando, assim, os estralos dos ossos e a dor. Às vezes Helena as cortava, mas ela não gostava de como a sobrinha fazia isso. Tampouco voltara a cortar o cabelo nem a tingi-lo. Olhou-se no espelho e não se reconheceu.

— Com razão não paravam de olhar para você — disse em voz alta à imagem do espelho. — Olhavam como se você tivesse ficado louca.

Procurou as três galinhas. Só Maribelita respondeu ao seu chamado. Nem Alba e nem Doralba deram sinal de estar em casa. Havia se esquecido de trancá-las junto com as pombas. Destas, também não sabia nada. *Roubaram-nas à noite*, pensou, bem como Margarita, que sem saber como, desaparecera do chiqueiro. Cortou as unhas como pôde, penteou-se um pouco, pegou Maribelita, que sempre dormia ao seu lado, e a olhou nos olhos.

— Acredito em seus milagres, querida. Diga-me que voltaremos a estar todos juntos.

A galinha ficou olhando para ela, mas não soltou nem meio cacarejo; a anciã colocou-a na bolsa e saiu para o Bosque Azul.

Caminhou lentamente, avançando em silêncio. Circundou a lagoa, abundante em sujeira. Ninguém mais limpava a lagoa, as ruas nem os telhados. Entre as folhas murchas que o vento arrastava, o lixo espalhado, as goiabas podres e o esterco dos pássaros, havia também cadáveres de urubus.

— Santo Céu! Nem os urubus se salvaram — lamentou, com os olhos imersos no redemoinho de nuvens.

Caminhava devagar pelos arbustos quando ouviu, ali perto, o barulho de umas botas, um estalar de folhas secas. Alguém a olhava, examinando-a dos pés aos cabelos brancos. Não, não era um homem, eram sete.

— Por que a senhora está perambulando por aqui?

— Estou atrás do Comandante Xicrinha — falou resoluta.

— E para quê, hein?

— Sou adivinha, leio o futuro. Sei que ele está doente e que precisa de ajuda.

Todos se olharam, era impossível que alguém soubesse do estado do comandante, era proibido falar sobre isso.

— Cara de bruxa ela tem — disse um deles. — Como é que ficou sabendo?

— Já disse, sou adivinha. Levem-me até ele. Ele lhes agradecerá.

Caminharam um bom trecho. Pararam quando viram a sombra de um homem alguns metros à frente.

— É o chefe — informou um deles.

— O comandante? — perguntou Mãe Carmen.

— Não — respondeu outro. — É o Cacau.

Cacau se aproximou devagar e os deteve com uma repreensão:

— Seus idiotas, por que trouxeram esta velha? Quem é ela, caralho?

— Disse que é adivinha — afirmou um deles.

— Adivinha?! — gritou. — Ele precisa é de um médico.

— Mas não há médicos… — respondeu outro.

— Mandem-na embora!

Quando deu a ordem, um rapaz colocou a ponta do fuzil no pescoço da anciã; em seguida, Cacau disse:

— Não disse para matá-la, temos pouca munição. Disse que ela vá embora.

— De qualquer forma — interveio Mãe Carmen —, não caminhei em vão. Não sou médica, mas posso saber se alguém será curado ou não. Se alguém morrerá ou não. Posso fazer poções e emplastros.

— Ninguém precisa ser curado, velha. Quem lhe disse isso? Cai fora.

Mandaram-na embora.

Já havia começado a se orientar para voltar ao povoado, quando lhe ordenaram que regressasse.

— É melhor ficar. Vá que esta velha comece a espalhar que estamos em poucos, que não temos comida, que queimaram nossos caminhões e que o chefe está mal. — Ouviu Cacau falando, como se no povoado já não soubessem da história.

Por fim, levaram-na até o enfermo. Estava dentro de uma tenda de campanha, deitado. Uma moça, em uniforme de camuflagem e ajoelhada ao seu lado, lhe dava um caldo sem cor. A moça virou-se para ela. Do outro lado, havia um jovem, magro, que trocava os curativos do peito. Chamavam-no Mosquito.

— Quer dizer então que você é bruxa? — perguntou o comandante ao vê-la chegar.

— Adivinha — respondeu ela, e quando o viu tão de perto, mais uma vez suas pernas doeram.

— E como faz adivinhações?

— Leio o canto e o voo das aves.

Xicrinha soltou uma gargalhada. Mas em seguida, ficou sério.

— Tirem esta velha louca daqui! — gritou. — Não há mais aves.

Mãe Carmen tirou Maribelita da bolsa, onde estava bem quietinha.

— Ela prevê o futuro. Posso mostrar.

— Uma galinha? Acha que sou idiota? — E apontaram a arma para ela de novo. — Melhor pegar essa galinha e enfiá-la na panela, pois este caldo não tem gosto de nada.

— Se a comerem — disse a anciã num tom bruto, segura de suas palavras e abraçada à galinha —, a desgraça cairá sobre vocês. Estejam certos disso.

— Ainda mais? — gritou o comandante, e acendeu um cigarro.

Os soldados se entreolharam, e Xicrinha fez sinal para que abaixassem as armas.

— Então prove. Mas se falhar, boto você e sua galinha na panela. Minha tropa está com fome.

— Faça a pergunta — falou ela enquanto colocava dois montinhos de grãos no chão. — A resposta será sim ou não.

— Vejamos, vai chover hoje à noite? — perguntou Xicrinha gargalhando. — Porque então eu também sei a resposta: não, não vai chover. Nesta maldita cidade nunca chove.

A anciã segurou Maribelita em suas mãos, olhou-a nos olhos e a pôs no chão.

— Se comer do montinho maior, é sim; se bicar o menor, é não — explicou.

A galinha se aproximou do montinho maior e comeu dele.

— Mas que palhaçada! — gritou Xicrinha, tirou o chapéu, usou-o para se abanar e mostrou a cabeça suada. — Então vai chover? Faz um calor infernal.

Mosquito permaneceu olhando a anciã, preocupado.

— Vamos esperar até a noite — avisou Xicrinha. — Se não chover hoje, joguem esta velha na vala.

De tiros e disparos esporádicos, o povoado passou a ter um silêncio insólito. Uma mudez incompreensível. F sentou-se e escutou. A casa estava em silêncio. As outras crianças escutavam assustadas, também em silêncio. Tampouco se ouviam mais as botas nem as vozes dos soldados quando iam e vinham do Bosque Azul.

— Os soldados foram embora? — perguntou Sergio.

— Não, meu amor — respondeu a professora em meio a um murmúrio; ela ainda se encarregava de ficar olhando pela janela. — Eles vêm ao povoado cada vez menos, mas sempre há um ou outro vigiando por aí. Mas acho que eles têm mais comida no bosque do que aqui.

— Então posso visitar minha mãe? — sussurrou Julia.

— Não, querida. — Acariciou-lhe o cabelo. — Enquanto vocês dormiam, um grupinho de soldados veio pegar as goiabas do quintal.

As crianças abriram a boca ao mesmo tempo.

— Estiveram pertinho assim — sussurrou outra vez Dona Alicia, e juntou o indicador com o polegar como se houvesse pegado uma pitada de sal. — Não podemos baixar a guarda.

F saiu do pombal e foi ao quarto do avô. Embora estivesse melhor e conversasse de vez em quando com a professora

Alicia, ele dormia a maior parte do tempo. O tio lhe preparava algumas bebidas para que pudesse suportar a dor das feridas que ainda não haviam sarado totalmente.

Pegou uma de suas mãos.

— Abra os olhos, vô. Não gosto deste silêncio. O que vamos fazer? Precisamos de outro plano.

A vela só emitia uma pequena chama alaranjada, e ele não conseguia ver nem ouvir o tio em nenhuma parte.

— Tio, tio... você está aí?

Silêncio.

— Tio, você está aí?

— Estou aqui.

Estava ali, perto da janela, com os olhos e a boca abertos, muito abertos. Voltou a falar quando F se aproximou.

— Não consegui evitar, F — desculpou-se.

— O quê?

— Eu... — Tentou se explicar, tapando os olhos. — Abri um pouco a persiana da janela. Dava para ver a rua, a rua solitária. Não consegui evitar... — disse com os olhos fechados. — Olhei, só por uns segundos. O povoado está escuro. Mas o céu... Olhei o céu...

Havia mais de quarenta anos que o tio não via o céu. A noite...

— E o que viu?

— As estrelas — respondeu. — Não me lembrava das estrelas — confessou o tio, sem descobrir os olhos, como se estivesse ofuscado.

Agora quem ficou grudado na janela foi F.

— Não tem estrelas, tio, nenhuma.

Aparentemente, de um momento ao outro, o céu cravejado de estrelas fora coberto por nuvens escuras. Ao longe, como quando vinham os pássaros de Juancojo, ouviram o sonzinho fraco de gotas de água que começavam a cair nos telhados, e em seguida, algo mais: o som de trovões. Uma tormenta.

•

Da tenda de campanha de Mosquito, onde Mãe Carmen se instalara, ela pôde ver a pequena tropa de Xicrinha. Alguns caminhavam com muletas, e muitos tinham curativos na cabeça, em algum braço, na cintura. Cuidando para não ser descoberta, ela buscava, entre os que passavam à sua frente, o rosto de Eliécer. Mais ao longe, viu montes de terra, onde, ao que parecia, haviam sido enterrados os soldados mortos.

— Amanhã — disse ela a Mosquito — peça ao comandante que envie cada soldado a esta tenda. Examinarei um por um, darei alguma poção de acordo com seus ferimentos e colocarei emplastros nas feridas. Peça-lhe que me deixe ver sua ferida, que parece infectada, e dá para ver que ele está com febre.

— Se não matarem vocês antes — devolveu Mosquito, e se referia à anciã e à galinha que dormia dentro da bolsa.

— Não vão nos matar, querido — respondeu ela, muito segura de sua sorte.

Ele se sentou ao seu lado para sentir um pouquinho o calor de seu corpo. Começava a esfriar.

— Por que vocês não foram embora se Xicrinha está tão doente? Por que continuam aqui se o exército está mal?

Mosquito olhou para as mãos e tentou tirar a sujeira de uma unha com um palito que encontrou no chão.

— Porque ele nos buscaria de novo. Ele mesmo recrutou cada menino desta tropa e já nos disse que, se fugirmos, ele vai e nos recruta mais uma vez. Temos medo de que faça algo ruim a algum familiar.

— Como ele vai se lembrar de onde vive cada um? São muitos.

— Ele sabe. Anotou tudo nos cadernos: endereço e nome dos nossos familiares. Quando alguém faz algo errado ou se rebela, a primeira coisa que ele faz é procurar seu nome no caderno e ameaça gritando: "Ou você faz isso ou vou buscar sua mãe, quem sabe ela faz melhor."

Mãe Carmen ficou calada.

— E já fez isso. Trouxe primos ou irmãos de soldados que o desobedeceram e os colocou nessa gaiola gigante aí atrás.

Ele os deixa lá por vários dias, à intempérie, sem comida nem água. Depois os coloca nas tarefas mais pesadas.

Não falou mais, não quis falar mais. E Mãe Carmen pegou sua mão. De repente, todos os soldados começaram a correr. Desta vez, não fugiam de balas. Ouviram as primeiras gotas de chuva, grandes, isoladas, caírem como pequenos pássaros mortos que rebentavam sobre a poeira, sobre os galhos das árvores, sobre suas cabeças.

— Corram! — gritou alguém. — Está vindo um dilúvio.

A anciã olhou as nuvens, carregadas. Por fim, o céu concordara, e ela sorriu para Mosquito.

Uma hora depois, continuava chovendo, e Xicrinha mandou chamá-la.

— Parece que tinha razão, senhora. O que vamos fazer? Agora o pessoal não está reclamando do mormaço, mas do frio. Não temos cobertores nem comida.

— O Bosque Azul fica inabitável no inverno — disse ela. — As chuvas só acabarão em três meses, pelo menos — exagerou.

Ele pegou um maço de cigarros que estava sobre uma mochila.

— Maldita seja! — gritou assim que o abriu; não havia mais cigarros. — Então faça parar de chover.

— Eu não faço nada acontecer, senhor. Apenas leio o que vai se passar. E vai chover por muitos meses.

— Maldita seja — voltou a dizer, e jogou o maço vazio no chão. — Se não vai dizer nada de bom, então saia daqui!

Na manhã seguinte, sob uma chuva leve, uma grande fila de soldados esperava do lado de fora da tenda de campanha. Usando ervas que encontrou no bosque, Mãe Carmen preparou, para cada um deles, xaropes para tratar um resfriado, uma alergia ou uma infecção. Nos que tinham feridas, ela fazia um curativo com emplastro de ervas, e aos que pediam — quase todos —, ela lia seus destinos. A anciã dispôs ali, dentro da tenda, dois montinhos de grãos.

— Minha mãe continua doente? — perguntou um.

— Sim — respondeu a galinha.

— Vou sobreviver se ficar na tropa? — indagou outro.

— Não.

— Minha esposa ainda me espera?

— Sim.

Naquela manhã, viu passarem pelo menos trinta homens: meninos, jovens e adultos, até que outro aguaceiro desfez a fila e cada um buscou refúgio.

— É isso aí! — E presenteou seu sorriso às nuvens acobreadas para celebrar.

As nuvens se amontoavam no céu, carregadas de água. Um aguaceiro torrencial destruiu as tendas do acampamento. Alguns tiveram que dormir a céu aberto. Muitos estavam mal-humorados, mortos de sono e tremendo de frio. Foram até o povoado e entraram nas casas desabitadas, mas não encontraram comida nem cobertores. O que encontrariam, já que haviam saqueado tudo? Seria possível saquear algo duas vezes?

A chuva não cessou durante três dias. Os mesmos três dias em que Mãe Carmen esteve na tenda capenga de Mosquito rogando ao Céu que na fila do dia seguinte Eliécer aparecesse.

Na noite do quarto dia, Mãe Carmen saiu do minúsculo abrigo. Caminhou parte do bosque na escuridão. O chão estava repleto de sacos com esqueletos de pássaros, e as moscas zumbiam ao redor de seu ouvido. O cheiro de morte revirou-lhe o estômago. Viu um grupo de soldados que mal pôde distinguir na penumbra; vigiavam uma tenda muito grande. Nunca vira ninguém sair dali. Os fardados, gelados, permaneciam imóveis e rígidos. Um deles disse que estava com dor de estômago, era a fome de vários dias. Todos os outros sentiam o mesmo. As conversas foram desvanecendo, impondo, por fim, um silêncio absoluto. De vez em quando, alguém bocejava; outro o seguia imediatamente, e todos, cada um de acordo com sua personalidade, educação ou cansaço, abria a boca, de forma escandalosa ou discreta, cobrindo com as mãos as bocas ansiosas, que exalavam um hálito de angústia.

— Não vou conseguir aguentar mais — disse um. — Como é possível não encontrarmos nem um cobertor nesta espelunca, nem um prato de arroz? E este frio! Melhor para os que estão aí dentro.

Outro soldado carregava uma garrafa de aguardente. Ofereceu-a, mas seus companheiros recusaram secamente. Bebeu um trago e disse:

— Por mais que não acreditem em mim, esquenta um pouco e distrai a fome.

A escuridão estava cada vez mais densa, e o sopro frio do vento, pungente, penetrava e estremecia o corpo de cada soldado. Em sua tenda, o frio beliscava a orelha do comandante Xicrinha, seus pés doíam, e ele não conseguia dormir.

A anciã se aproximou com a respiração agitada e trazendo Maribelita na bolsa. Transtornada, tentou olhar para o interior da tenda que os homens protegiam. Certificou-se de que a galinha tivesse o bico bem fechado: ela o havia amarrado com uma tira de pano para que ninguém a ouvisse.

Apertou a bolsa e estendeu a mão para espiar por uma fresta. Um soldado que estava encolhido sobre uns pedaços de papelão batia os dentes. Estava com os braços cruzados, mas a sombra da anciã o alertou.

— O que está fazendo aqui, senhora? — gritou, e se levantou de imediato.

A anciã apertou a bolsa contra seu peito.

Nesse momento, os outros soldados apontaram as armas para ela.

— O que está levando aí? Mostre! — ordenou um deles, aturdido.

— É minha galinhazinha — explicou ela. — Pensei que o pessoal aí dentro da tenda talvez quisesse conhecer seus destinos. Nenhum deles foi me visitar.

— Nós já sabemos o destino deles, não precisa dizer nada. Vá embora.

Um dos soldados lhe disse ao ouvido:

— Vá embora. E agradeça que a estamos deixando voltar para o lugar de onde veio; o comandante não gosta que fiquem perambulando por aqui. Este é seu tesouro mais valoroso.

Quando a anciã deu meia-volta, deu de cara com Mosquito, que estava procurando por ela.

— O comandante precisa da senhora.

Ela o seguiu, mas lhe pareceu ouvir alguém falando dentro da tenda. Seu coração deu um salto. Conhecia aquela voz.

— O que deveria fazer? — perguntou Xicrinha.

Ao seu lado estava Cacau, que soltou uma risada zombeteira.

— Vejam só o conselho de guerra que temos aqui! Uma galinha, uma bruxa, um comandante muito ferido e outro que já está cheio de tudo.

Xicrinha lhe dirigiu um olhar aniquilador. Cacau fechou a boca.

— O que deveria fazer? — repetiu a anciã. — Recompor o que resta do caminho? Ou quer que o enterrem sob as árvores deste bosque? O senhor está doente, meus unguentos e bebidas não o aliviarão. Sua ferida é delicada. Precisa de um médico, talvez de uma cirurgia. Vá embora.

— Render-me? Jamais! Sou o Grande Recrutador. — Cacau ergueu as sobrancelhas. — Ninguém tem enchido as fileiras dos Pantaneiros como eu. Seguir qual caminho? Estou muito velho.

— Procure sua família, comandante — respondeu a anciã. — Certamente estão com saudades do senhor. Termine sua vida junto deles. E deixe estes meninos começarem uma nova vida. Permita que voltem para suas casas. Não há mais comida, estão morrendo de fome aqui, de infecções respiratórias...

— Cale a boca, velha! — gritou transtornado, e lhe apontou um revólver. — Não estou perguntando à senhora, mas à galinha. Ela deve me responder. Nela eu acredito. A senhora fique bem quietinha ou eu mesmo calo a sua boca e fico com a galinha mágica.

— Não conseguiria nada, senhor. A galinha só entende a mim — disse Mãe Carmen, e colocou no chão da tenda do comandante os dois montinhos de grãos. Ficou em silêncio.

— Vamos ganhar a guerra? — perguntou Xicrinha.

— Eles ganharão a guerra? — repetiu a anciã.

Os três esperaram pacientemente até que Maribelita bicasse os grãos. A resposta foi contundente, e não foi a anciã que a leu em voz alta, mas ele:

— Não. — E deu um tapa em sua cama.

— Devo ficar? — perguntou Xicrinha, e Mãe Carmen repetiu a pergunta.

— Não. — E deu outro tapa.

A raiva era perceptível no rosto de Cacau. Que guerra ganhariam se Os Guaxinins haviam matado metade de sua tropa? Fazia muitos dias que não recebiam ajuda dos outros pelotões. Ninguém de seu exército viera para os auxiliar. Estavam sós. Não fazia sentido.

Xicrinha ficou em silêncio. Olhou uma mochila que estava num canto e perguntou outra vez. A anciã repetiu suas palavras:

— Sua família ainda se lembra dele? — A galinha bicou o monte maior.

Xicrinha leu o *sim* em voz baixa e foi sufocado por um ataque de tosse.

— Saia daqui, velha bruxa! — gritou ele, enquanto ela tentava recolher os grãos do solo. — Vá embora, estou dizendo! — Mãe Carmen saiu correndo com Maribelita nos braços. — Saia daqui também, Cacau. Não me encha!

●

Mãe Carmen saiu da tenda quando o Sol estava começando a nascer. Encontrou todos os soldados desconcertados; olhavam um para o outro e tentavam entender alguma coisa.

— O que aconteceu? — perguntou ela.

— É o comandante... — disse alguém.

— Aconteceu algo com ele?

Uma longa fila de rapazes, com seus uniformes colados na pele por causa da chuva, esperava sua vez de olhar para dentro da tenda de Xicrinha.

— Deixem-me ver — implorou ela. — Ele acordou mal? Posso ajudá-lo.

A fila abriu passagem, e a anciã ficou surpresa ao ver o local vazio. No chão ainda restavam os grãos de milho que ela deixara, e sobre a cama estavam jogados pelo menos duzentos cadernos.

— Foi embora — disse Mosquito, que também colocou a cabeça para dentro. — E deixou os cadernos. Os cadernos com nossos endereços.

— Foi embora? — repetiu Mãe Carmen. — Então tudo isto acabou?

— Voltaremos às nossas casas — informou Mosquito.

Nesse momento, Cacau apareceu. Os soldados olharam para ele esperando alguma explicação, uma ordem, um grito, qualquer coisa, pois acreditavam que agora o comandante seria ele. Entrou apressado na tenda de Xicrinha e procurou desesperado algo no meio dos cadernos. Nas folhas estavam os lugares dos quais haviam sido recrutados e as datas.

— Passei tanto tempo na mata, que nem me lembro mais de onde minha família vive — confessou, e procurou o caderno mais antigo de todos. — Que coisa, a primeira página não está aqui. Quem foi o primeiro recru...? — E parou de falar.

O próprio Xicrinha havia anotado seus dados e os de seu amigo quando os alistaram, para não se esquecerem de quem haviam sido. Seus verdadeiros nomes e sobrenomes, os nomes de seus pais e irmãos, os endereços. Em seguida, quando lhes atribuíram a tarefa de recrutadores, o caderno se transformou em uma ferramenta de inventário e controle de seus soldados. Desde então, Xicrinha havia prometido preencher a maior quantidade possível de cadernos para se transformar no Grande Recrutador.

Cacau arrancou a folha com seus dados, dobrou-a com cuidado e a enfiou no bolso da calça.

— É para lá que vou.

Viram-no arrumar sua mochila e sair de sua tenda. E foi embora, sem se despedir de ninguém, sem dar explicações nem ordens.

O silêncio continuou dominando o Bosque Azul. Os fardados, incrédulos, formaram grupos para olhar os cadernos de uma maneira tão organizada, que, por um momento, a anciã se esqueceu de quem eram. Então, caminhou sob as gotas até a tenda grande onde acreditava que estavam os meninos de Barbascal, seu neto e seu cachorro. Estava vazia.

— E os meninos desta tenda? — perguntou a um soldado que passava correndo por ali, mas que não respondeu. — O que aconteceu com eles? — perguntou a pelo menos dez soldados, mas muitos erguiam os ombros, as sobrancelhas, como querendo dizer que não sabiam ou que não se importavam

Sentou-se desolada sobre uma pedra perto de Mosquito. Será que Xicrinha os havia levado junto com ele? Em tão poucos dias, ela e sua galinha haviam conseguido fazer com que o exército terminasse de desabar, mas não havia encontrado seu neto. Quanta impotência!

Percebeu em meio à chuva que os soldados entravam na tenda de Xicrinha, saíam com a folha de seus dados, arrumavam suas coisas rapidamente, vá que o comandante voltasse arrependido, e, com as mochilas nas costas, seguiam pela trilha por trás do Bosque Azul. Não entraram mais em Barbascal.

— Como você se chama, rapaz? — perguntou Mãe Carmen a Mosquito.

— Mosquito.

— Não, seu nome real.

Ele olhou para céu. As nuvens continuavam cinzas, e por mais que estivesse de chapéu, a chuva escorria por seu rosto.

— Não me lembro do rosto da minha mãe — soltou ele sem tirar os olhos do céu. — Vi tantas mulheres nos povoados pelos quais passamos, que acredito que todas são ela. Quando choram para que não levemos os meninos, me lembro dela. Ela chorou assim também. Implorou a Xicrinha que me deixasse a seu lado, e me agarrei nos braços dela. "Você parece um mosquito", ela me disse, e me abraçou. "Meu mosquito." Mas Xicrinha me arrancou de seu peito. "Agora é meu", disse ele.

Mãe Carmen não falou nada, tirou Maribelita da bolsa e a alimentou.

Ela olhou a galinha nos olhos, voltou-se para o céu cinza e fixou o olhar na tenda grande. Não conseguiu evitar que um nó se formasse em sua garganta.

— Eu também vou embora — afirmou Mosquito à anciã quando regressou. — Este é o seu. — E lhe entregou um caderno.

— O meu?

— O do seu neto. A senhora veio buscar seu neto. — E seus olhos ficaram marejados.

— Como sabe?

— Porque me lembro da senhora uma tarde na praça entregando penas de sabiás-de-óculos. — E mostrou que tinha uma. — Depois a vi com seu neto levando duas porcas à igreja. E sua insistência em ver a tenda grande não era normal.

— Ele estava ali? — Segurou sua camisa. — Diga se meu neto estava ali, por favor.

— Não sei. Nunca nos deixaram entrar.

— Aonde foram? Ele os levou?

Mosquito a olhou, e ela viu em seus olhos os olhos de Eliécer; sua voz ficou embargada. Abraçou-o com força.

— Tudo bem, menino, tudo bem; é melhor ir mesmo. Que o Céu o acompanhe.

— Que o Céu a acompanhe, Mãe Carmen — devolveu ele.

E ela o viu se afastar.

Ela olhou o caderno, tinha muitas folhas. Na capa, dizia Barbascal. Ali estavam os nomes dos meninos do povoado e os endereços, nomes e profissões dos pais, se tinham propriedades, plantio ou criação de animais, quem eram os primos, irmãos e amigos próximos. Ergueu o olhar, não queria se deparar com o nome de Eliécer; arrancar a folha não o traria de volta. De repente, percebeu que Mosquito havia parado e agitava para ela a mão na qual segurava a pena do sabiá.

— Obrigado! — gritou ele bem alto.

Ela lhe lançou um sorriso, deu meia-volta e caminhou até a gaiola onde, na Guerra Velha, haviam guardado as borboletas azuis e onde, ao que parecia, haviam enfiado meninos alguma vez. Será que Eliécer esteve lá? Agora a gaiola estava cheia de mato, de penas e de esqueletos de pássaros. Chorou desconsolada quando leu a inscrição: "Corte as suas asas!" As asas de quem? Dos pássaros? Dos meninos e de seus pais?

— Cortaram as asas de todos nós! — gritou ao céu. — Deixaram-nos sem vontade de continuar.

E ficou ali.

Uma anciã vestida de chuva, com uma galinha.

•

Do pombal, as crianças ouviram o som de um trem por volta das 4 horas da tarde.

— Será que estão chegando mais soldados? — perguntou alguém com nervosismo. Ninguém respondeu.

— Será que estão trazendo munições? — perguntou outro. Ninguém respondeu.

Permaneceram encolhidos, esperando algum grito, um estralo, mas de repente, ouviram as vozes de pessoas que se aproximavam. Corriam. Não conseguiram evitar e foram à janela do pombal. Um grupo grande de homens e mulheres parou bem na frente da casa do avô. F ouviu uma voz familiar. Entre toda aquela gente, reconheceu seu pai. Ao seu lado também estava sua mãe. F não conseguiu segurar um grito de alegria. O tio sorriu para ele.

— A tinta invisível funcionou, querido — disse a professora.

A casa do avô se encheu de pessoas que choravam e abraçavam as crianças. Muitas mulheres abraçaram F, mas ele queria sua mãe. Quando a encontrou no meio da multidão, os dois começaram a chorar. Ela não parava de beijá-lo na testa. F não a soltava.

O menino contou sobre as penas protetoras, a tinta invisível, os cuidados da professora e do tio e a chuva de pássaros. Seu Ramiro, que também estava entre aquelas pessoas, disse que havia recebido as primeiras cartas e, depois, os objetos destruídos; que não tinham dúvidas do perigo pelo qual Barbascal passava; que naquela manhã havia se espalhado a notícia de que Xicrinha, o Grande Recrutador, partira. A história dizia que seu exército estava derrotado e, por isso, havia saído um trem com ajuda para o povoado. Entre as pessoas, havia médicos, psicólogos e também uma brigada encarregada de fornecer alimentos e roupas às famílias.

F caminhou pela casa e foi atrás do tio. Desde que seus pais haviam chegado, não voltara a vê-lo.

Entrou no quarto do avô. Ali estava seu pai, conversando com o ancião, aplicando um unguento nas feridas.

F sentou-se ao lado do avô e o abraçou.

— Já acabou tudo, meu menino — disse o avô. — Eu falei que era preciso ter esperança.

F sorriu.

— E o tio? — perguntou.

Seu pai fez um gesto com os ombros, querendo dizer que não sabia.

Procurou-o pela casa, até que ouviu uns gritos ao longe.

— Corram! — berrou alguém. — Vamos com ele para o Bosque Azul.

As crianças que haviam ficado escondidas no pombal, seus pais e mais algumas pessoas que também estiveram escondidas correram para o bosque. Os gritos fizeram com que saíssem de seus esconderijos.

— Vejam! — gritou Tatiana — É o Homem-Pomba! — Os olhares se voltaram na direção dele como os girassóis na direção do Sol. — E ele é meu amigo!

— E meu também — acrescentou Alcides, de mãos dadas com sua mãe.

— *Craaaaa-craa! E meu também!* — repetiu Agustín. — *Craaaaa-craa!*

A professora ia junto com as crianças das quais cuidara no pombal, atrás de tio Eduardo, numa marcha alegre. As outras pessoas também seguiam o Homem-Pomba, ficavam olhando para ele, e algumas o tocavam para ver se era de verdade. Muitas se aproximaram para apertar sua mão. Algumas bagunçavam o cabelo de F e o abraçavam também. F se sentia muito orgulhoso do tio e do que as crianças haviam conquistado com a tinta invisível.

O caminho estava cheio de árvores derrubadas e queimadas, de esqueletos de pássaros e de nuvens de moscas. Quando chegaram ao local do acampamento, viram que, de fato, não havia sinal do exército em canto algum. As tendas de campanha estavam abandonadas. As pessoas consolavam umas às outras e secavam as próprias lágrimas, incrédulas. Abraçavam-se.

O tio, sem vacilar, aproximou-se da única ceiba do Bosque Azul, com a Pomba 8 e Nidia Amparo em seus ombros. Teria gostado de subir naquela árvore como quando era criança, ou de ser realmente o Homem-Pomba, para voar até seus galhos.

— Frutas, tragam frutas, é a forma de atrair os pássaros de novo. E precisamos semear árvores neste bosque e no povoado — gritou o tio.

Todos cercaram a ceiba. Cercaram o tio.

A algazarra chegou até os ouvidos de Mãe Carmen, que caminhou até onde estava o Homem-Pomba.

Há quanto tempo não via Eduardo?, pensou.

O tio sentia um nervosismo misturado com emoção e entusiasmo. Era algo estranho. Pensou ser fome. Era ainda o medo. Só que o ruído vinha de sua barriga. Empurravam-se, estavam amontoadas. Eram muitas, azuis ou transparentes. Agitavam-se com força. Nesse momento, o Homem-Pomba, rodeado de pessoas, descobriu que as borboletas haviam regressado, mesmo que só para seu estômago.

Mãe Carmen caminhou lentamente até sua casa. Seus pés descalços afundavam nas ruas lamacentas. As pessoas iam até ela e a abraçavam, mas ela não queria se encontrar com ninguém. O que queria era afundar em sua cama, chorar, sepultar-se sob os lençóis. F a viu se esgueirar entre as pessoas, muito velha e triste.

Quando ela chegou à sua casa, Alba e Doralba bicavam a relva.

— Não levaram vocês, minhas queridas — disse a elas.

Maribelita saltou da bolsa. A anciã permaneceu junto à porta, olhando as galinhas correrem ao seu redor. O vento trouxe novamente o cheiro das goiabas maduras. Do portão, trouxe também o grito de um menino:

— Vó! — Era Eliécer. — Vó!

As pernas da anciã se dobraram, e ela se apoiou no batente da porta. Viu-o aproximar-se, como tantas vezes sonhara. Estava fraco, magro e sujo. Não estava fardado. Usava a mesma roupa de quando o levaram e os pés descalços. Não chegou a colocar as botas pantaneiras.

— É você? De verdade, é você? — gritou a anciã. — Meu menino, onde estava?

— Nunca saímos do Bosque Azul. Antes do amanhecer, Xicrinha nos levou à igreja. Disse que sua última ordem era que só poderíamos sair no fim da tarde e que voltássemos para nossas casas. E foi embora sem dizer mais nada.

— Ah, meu querido! — Na porta da casa, Mãe Carmen o abraçou com força, e ele se afundou em seu peito; ela beijou sua testa e, em seguida, seus olhos umedecidos. — Ah, meu menino!

Ele não quis perguntar sobre Seu Héctor. Já imaginava seu destino.

●

Na manhã seguinte, Helena e Felipe desceram até o povoado. Alguém havia ido até o hospital avisá-los sobre os novos acontecimentos. Na praça, estavam reunidas as poucas pessoas que haviam permanecido no povoado. Usavam seus chapéus, desta vez não para se proteger dos pássaros, mas do Sol implacável.

F e tio Eduardo também estavam lá. Haviam ficado fechados em casa por tanto tempo, que, por um momento, o menino achou que virariam toupeiras. Seus pais permaneceram na casa do avô, atendendo os emplumados e outros feridos, entre eles Seu Enrique, enquanto chegavam mais brigadas médicas de Gansanares.

Alguém colocou a mão nas costas de F. Era Eliécer.

Alguém imitou uma coruja perto dos ouvidos de F: *Uh-uh! Uh-uh!* Era Felipe com as mãos em forma de concha na boca.

F olhou para eles, incrédulo, e um nó se formou em sua garganta. Os três meninos estavam magros e com cara de quem passara muitas noites dormindo mal.

Abraçaram-se e choraram. Choraram muito. Não queriam se soltar.

— Estamos vivos? Estamos vivos? — Não parava de dizer F.

De repente, Helena se pronunciou:

— Podem nos ajudar? — pediu, e fez sinal com os olhos em direção do Hospital de Pássaros.

As pessoas começaram a caminhada até o Bosque de Juancojo e, lá, se surpreenderam ao ver o lugar repleto de aves.

Helena lhes indicou quais delas podiam ser soltas, e voltaram até a praça. E ao seu comando, abriram as gaiolas. Andorinhas, beija-flores, condores, anambés-pretos, tapicurus, arapongas e outras espécies abriram suas asas, e o céu de Barbascal se escureceu novamente. Bem, só um pouco.

Não é possível dizer se mais alguém percebeu, mas bem ao meio-dia, o avô Enrique abriu a janela de seu pombal. Uma mancha de pombas começou a voar. Subitamente, as mensageiras ascenderam e se afastaram cada vez mais por cima dos telhados das casas, formando um espetáculo de sincronia no ar.

Mãe Carmen, que de sua janela estudava o céu, as viu.

— Desta vez, levam notícias verdadeiras e boas — disse a anciã, e sorriu.

Embora não fosse uma pergunta, Maribelita comeu do montinho que tinha mais grãos de milho.

●

O PAÍS DAS AVES

A Colômbia ocupa o primeiro lugar no mundo em variedade de aves, com mais de 1.999 espécies. As aves que aparecem neste romance foram selecionadas cuidadosamente por seus modos de vida, suas características físicas e seu habitat. Convidamos você a descobri-las. Elas fazem parte da riqueza natural do país das aves.

Nome comum	*Nome científico*
Águia-pescadora	*Pandion haliaetus*
Agulha-sombria	*Brachygalba salmoni*
Anambé-preto	*Cephalopterus penduliger*
Andorinha	*Hirundo rustica*
Andorinhão-de-coleira	*Streptoprocne zonaris*
Anhuma-de-pescoço-preto	*Chauna chavaria*
Aracuã	*Ortalis garrula*
Araponga	*Procnias tricarunculatus*
Sanhaçu-azul	*Thraupis episcopus*
Beija-flor	*Damophila julie*
Bem-te-vi	*Pitangus sulphuratus*
Bico-grosso-de-peito-rosa	*Pheucticus ludovicianus*
Cabeça-seca	*Mycteria americana*
Canário	*Serinus canaria domestica*

Carcará-do-norte	*Caracara cheriway*
Cardeal-vermelho	*Cardinalis phoeniceus*
Choca-barrada	*Thamnophilus doliatus*
Chupim	*Molothrus bonariensis*
Cigana	*Opisthocomus hoazin*
Codorniz	*Colinus cristatus*
Colhereiro	*Platalea ajaja*
Condor	*Vultur gryphus*
Corruíra	*Troglodytes aedon*
Coruja-buraqueira	*Athene cunicularia*
Coruja-das-torres	*Tyto alba*
Coruja-de-crista	*Lophostrix cristata*
Curica-de-bochecha-laranja	*Pyrilia haematotis*
Falcão-peregrino	*Falco peregrinus*
Flamingo	*Phoenicopterus ruber*
Frango-d'água-azul	*Porphyrio martinica*
Galinha	*Gallus gallus domesticus*
Galo	*Gallus gallus domesticus*
Garça-vaqueira	*Bubulcus ibis*
Gavião-peneira	*Elanus leucurus*
Gavião-real	*Harpia harpyja*
Guará	*Eudocimus ruber*
Iraúna-subtropical	*Cacicus uropygialis*
Iraúna-mexicana	*Quiscalus mexicanus*
Jaó	*Crypturellus undulatus*
Japu	*Psarocolius decumanus*

Papagaio-campeiro	*Amazona ochrocephala*
Maitaca-de-cabeça-azul	*Pionus menstruus*
Maria-leque	*Onychorhynchus coronatus*
Martim-pescador	*Megaceryle torquata*
Mergulhão-colombiano	*Podiceps andinus*
Mutum-de-bico-azul	*Crax alberti*
Pardal	*Atlapetes nigrifrons*
Pato	*Anas discors*
Perna-amarela-pequena	*Tringa flavipes*
Pica-pau	*Melanerpes rubricapillus*
Pomba mensageira	*Columba livia domestica*
Príncipe	*Pyrocephalus rubinus*
Quero-quero	*Vanellus chilensis*
Quiriri	*Falco sparverius*
Riscadinha	*Mniotilta varia*
Rolinha	*Zenaida auriculata*
Sabiá-de-óculos	*Catharus ustulatus*
Saci	*Tapera naevia*
Saíra	*Cyanerpes cyaneus*
Saíra-dourada	*Stilpnia larvata*
Udu-de-coroa-azul	*Momotus momota*
Suiriri	*Tyrannus melancholicus*
Surucuá-dourado	*Trogon rufus*
Tangará	*Tangara chilensis*
Tangará-relâmpago	*Machaeropterus deliciosus*
Tapicuru	*Phimosus infuscatus*

Triste-pia	*Dolichonyx oryzivorus*
Jacamim-de-costas-cinzentas	*Psophia crepitans*
Tucano	*Ramphastos sulfuratus*
João-pinto-amarelo	*Icterus nigrogularis*
Tururim	*Crypturellus soui*
Urubu	*Coragyps atratus*
Urubu-de-cabeça-vermelha	*Cathartes aura*
Urubu-rei	*Sarcoramphus papa*
Urutau	*Nyctibius griseus*

Saci

Marcela Guiral (Yolombó, Antioquia). Biblioteconomista pela Universidade de Antioquia, pós-graduada saúde pela mesma instituição e mestre em promoção de leitura e literatura infantil pela Universidade de Castilla-La Mancha, Espanha. Atualmente é docente na Faculdade de Medicina da Universidade de Antioquia.

Vencedora do prêmio nacional El Barco de Vapor em 2015 com o romance *Se resfriaron los sapos*; ganhadora da Bolsa para a Criação Artística e Cultural da prefeitura de Medellín em 2012 com o livro de contos *¡Mira lo que trajo el mar!*; vencedora do Estímulo à Criação em Jornalismo Narrativo de 2021 com *Las mensajeras del ruiseñor*.

O romance *Ao meio-dia choviam pássaros* ganhou a Bolsa para Criação Artística e Cultural em Literatura Infantil da prefeitura de Medellín em 2018.

Durante sua infância e adolescência, vivenciou de perto os combates de diferentes exércitos e os desaparecimentos, assassinatos e recrutamentos forçados de seus colegas de colégio. Com esta história, não fez nada além de falar sobre esse temor que constantemente inunda seus pesadelos, tentando, com a escrita, exorcizá-lo.

Alejandra Estrada (Medellín). Nasci num domingo, dormindo. Isso de ir correndo para escolher o melhor assento do auditório não é comigo: sou daquelas pessoas que decidem demorar uma eternidade tomando um café no meio da tarde. Talvez seja por uma questão de ritmo (lento, como podem ver) que sempre me senti à vontade para desenhar. Não porque demore muito para fazer um desenho, mas porque parece que o tempo para e caminha de acordo com meus desejos. Por mim, eu só comeria, desenharia e, é óbvio, dormiria.

Luis Kamil Buitrago Osorno (Medellín). Sou formado em biologia pela Universidade de Antioquia, com mais de uma década de experiência em divulgação científica e temas de apropriação social de conhecimento científico da biodiversidade. Por casualidade, como a que traz à Colômbia certas aves errantes vindas de outros continentes (na, verdade, perdidas), tive o privilégio de me unir à revoada de uma escritora (Marcela) e uma artista (Alejandra) para encher este romance de penas, voos e cantos de aves colombianas. Em nenhum país seria tão difícil e agradável escolher um punhado (dezenas) de espécies para um relato… porque aqui há milhares de opções. É o país das aves! Nenhum outro tem mais.

Ao meio-dia choviam pássaros

ISBN: 978-65-5568-188-8

Impresso no Brasil — 1ª Edição, 2024 — Edição revisada conforme o Acordo Ortográfico da Língua Portuguesa de 2009.

Dados Internacionais de Catalogação na Publicação (CIP) de acordo com ISBD

G965m Guiral, Marcela

Ao meio-dia choviam pássaros / Marcela Guiral ; traduzido por Alberto Gassul Streicher ; ilustrado por Alejandra Estrada. - Rio de Janeiro : Tordesilhas, 2024.
256 p. : il. ; 15,7cm x 23cm.

Tradução de: A mediodía llovían pájaros
Inclui índice.
ISBN: 978-65-5568-188-8

1. Literatura Juvenil. I. Streicher, Alberto Gassul. II. Estrada, Alejandra. III. Título.

2024-224

CDD 028.5
CDU 82-93

Elaborado por Vagner Rodolfo da Silva - CRB-8/9410

Índice para catálogo sistemático:
1. Literatura Juvenil 028.5
2. Literatura Juvenil 82-93

Produção Editorial: Grupo Editorial Alta Books
Diretor Editorial: Anderson Vieira
Editor da Obra: Rodrigo Faria e Silva
Vendas Governamentais: Cristiane Mutüs
Gerência Comercial: Claudio Lima
Gerência Marketing: Andréa Guatiello

Produtora Editorial: Caroline David
Assistente Editorial: Andreza Moraes
Tradução: Alberto Gassul Streicher
Copidesque: Carol Colffield
Revisão: Alessandro Thomé
Diagramação: Cesar Godoy e Joyce Matos

ALTA BOOKS
GRUPO EDITORIAL

Rua Viúva Cláudio, 291 — Bairro Industrial do Jacaré
CEP: 20.970-031 — Rio de Janeiro (RJ)
Tels.: (21) 3278-8069 / 3278-8419
www.altabooks.com.br — altabooks@altabooks.com.br
Ouvidoria: ouvidoria@altabooks.com.br

Editora **afiliada à:**

ASSOCIADO